KB040814

안아주는 정원

안아주는 정원

글 오경아

샘터

"온갖 위험과 불안에서 벗어나 쉬고 싶을 때
나는 집이 아니라 정원에 간다.
그곳에 가면 자연의 너른 품 안에서 보호받는 듯 편안한 느낌이 들고,
온갖 풀과 꽃이 친구가 되어준다."

_엘리자베스 폰 아르님 Elizabeth von Arnim, 1898년

차 례

02

지금, 여기서 천천히 : 자기만의 방식으로 살아가는 식물의 삶

04

성장에는 통증이 필요하다 : 아픈 만큼 자라는 식물들

정원이 내게 건네는 말

15년 전, 나는 매일 오후 4시에 시작하는 라디오 프로그램의 원고를 쓰기 위해 책상 앞을 떠날 수가 없었다. 앉아서 머리만 쓰는 일은 신기하게도 온몸에 근육통을 가져왔다. 특히 목과 어깨의 고통이 극심했다. 온종일 컴퓨터 모니터 화면과 씨름하다 보니, '거북목'은 어느덧 내 체형으로 자리 잡았다. 체온계로도 잡히지 않는 미열을 달고 살았고 정수리는 늘 불에 덴 듯 뜨거웠다. 밤이면 수면제 대신 진통제를 먹고 잤다. 온몸에는 파스 냄새가 진동했다. 몸살 걸린 듯 쑤셔대는 근육통을 없애기 위해 매일같이 다양한 약을 먹었지만, 통증을 없앨 수는 없었다.

하지만 몸을 움직이기 시작하자 고통이 서서히 풀어졌다. 앉았다가 일어서기를 반복하고 허리를 굽혔다 폈다 하며 흙을 만졌다. 정원 일은 움직이지 않았던 몸의 근육을 움직이게 했다. 또한 그 계절의 더위와 추위를 자연스럽게 느끼는 것이야말로 몸을 가볍게 하는 일이라는 걸 알아갔다. 나는 정원 일이 참 좋았다.

지금도 사람들은 종종 어떻게 방송을 그만두고 정원 일을 하게 됐는지 묻는다. 어떤 일을 선택하고 결정하는 일에 딱 하나만의 이유가 있을 리는 없다. 나 역시도 그런 선택을 해야 했던 여러 이유와 상황이 있었다. 그런데 지금 와서 생각해보면 내 몸이 먼저 결정했던 것 같다. 당시 나는 집에서 30평 남짓한 마당에 식물을 심고 가꾸었다. 집에 도착하자마자 가방을 내려놓기도 전에 마당에서 식물을 돌봤다. 그때는 마냥 그 일이 좋았을 뿐이었다. 그러다 방송국으로 향하는 발걸음이 점점 더 무거워지고, 결국 이 무거움을 내려놓아야 한다는 걸 받아들였다.

그 후로 내 삶은 꽤 달라졌다. 낯선 영국 땅에서 7년이라는 세월을 보냈고, 지금은 속초의 낡은 한옥과 150평 정원에서 멀리 설악산을 바라보며 살아간다. 그러면서도 가끔은 내 삶이 그렇게나 달라진 것인지 생각하기도 한다. 어쩌면 글 쓰는 일이나 정원을 디자인하는 일은 결국 엉덩이 힘으로 버텨내는 일이다. 나는 여전히 외양간을 고쳐 만든 작업실에서 노트북을 켜놓고 온종일 디자인 작업에 매달린다. 그러다 보니 예전 근육통과 두통이 그대로 되살아나곤 한다. 그러나 분명 달라진 것이 하나 있다면 창밖에 나의 정원이 보인다는 것이다.

정원의 사계는 정말 변화무쌍하다. 며칠 전까지도 낙엽이 지던 산딸나무에는 어느새 가지만 남았다. 그 가지 위에 새들이 잠시 앉아 쉬어간다. 남편이 매달아 놓은 사과를 먹자고 야성미 넘치는 직박구리가 온종일 찾아온다.

근육에 통증을 느낄 때쯤이면 일어나 외투를 걸치고 정원으로 나간다. 나간 김에 잡초도 뽑고, 나간 김에 헝클어진 크레마티스의 가지도 잘라주고, 나간 김에 화단에 수북한 낙엽도 치운다.

최근 의학계에서는 '초록 효과'라는 용어를 공식적으로 인정했다. 굳이 산책하거나 정원 일을 하지 않더라도 정원이나 숲 혹은 식물을 보는 것만으로도 몸의 통증을 완화하는 효과가 있다는 것이다. 영국에서는 의사들이 공식적으로 진통제 대신 일주일에 두 번 공원 걷기, 일주일에 세 번 정원 일하기 등을 처방할 수 있게 됐다.

오 헨리의 《마지막 잎새》라는 작품이 단순한 작가의 상상력은 아닐 것이다. 마지막 남은 잎새가 거친 폭풍우를 이겨내고 살아남아 있다면 분명 우리도 살아갈 의지가 생긴다. 비록 그게 담장에 그림으로 남겨진 잎이었다 할지라도.

오십을 넘긴 나이지만 아직도 늘 고민한다. 남은 생을 어떻게 살아 하나, 지금 잘 살고 있나. 늘 머릿속에서 떠나지 않는 삶의 숙제다. 그런데 생각해보면 자연과 우주는 이 답에 대한 힌트를 우리 주변 곳곳에 숨겨 놓은 게 아닌가 싶다. 힌트를 찾지 못하고 여전히 잘못된 길을 가고 있을 때 우리의 몸은 먼저 몸부림치기 시작한다. 몸이 아프고 매일 어지러운 꿈이 지속된다면 다시 한번 자연으로부터 힌트를 찾아볼 일이다.

이 책은 8년간의 긴 유학 생활을 접고 한국에 돌아온 뒤 속초 생활을 시작한 2014년부터 쓰기 시작한 글을 모은 것이다. 150년이라는 시간을 간직한 한옥집을 수리하고, 소 키우던 축사만 덩그러니 놓여 있던 마당을 정원으로 바꾸며 고향도 아닌 이곳에 뿌리내린 우리 가족의 시골 생활이 고스란히 담겨 있다. 정원을 돌보며 나 자신을 돌보았던 충만한 시간들, 식물의 삶의 태도를 관찰하고 이해하면서 깊어진 내 삶의 변화도 책의 곳곳에 배어 있으리라 기대한다.

내가 바라고 꿈꾸는 삶은 정원 그 자체가 아니다. 정원이 우리 삶에 스며들면 삶의 모습도 자연스럽게 많은 변화를 겪게 된다. 나는 정원이 우리의 삶을 좀 더 건강하고 품위 있게 만든다고 믿기에 그 소중한 변화를 많은 사람과 나누고 싶다.

정원 생활을 시작하려는 사람들, 혹은 엄두조차 내지 못하고 머릿속으로만 정원을 그리는 사람들, 도시 생활에 방전되어 지금 삶이

물음표로 채워진 모든 이들에게 이 글이 작지만 힘 있는 위로가 되
길 바란다.

오경아

정원 생활의 즐거움,

식물이 주는 위로와 치유의 순간들

01

나에게도 앙상한 겨울 정원 같은 시절이 있었다.

영국에서 유학 생활을 마치고 한국에 돌아온 첫해. 긴 유학 생활에 집까지 다 팔아버려 살 곳이 없었다. 우리 부부는 창고를 빌려 그곳 2층에 텐트를 치고 살았다. 영하 18도까지 내려가는 추위 속에 전기장판만으로는 견딜 수 없는 나날을 보냈다. 누군가 텐트를 치면 따뜻할 거라는 조언에 눈물겨운 텐트 살이를 시작했다. 그 와중에 남편은 발목과 무릎연골을 수술받아 몇 달 동안 목발을 짚었다. 그런데 이 모든 상황이 액면 그대로 눈물겨웠던 것만은 아니었다. 텐트 안에 불을 켜고 책을 읽으며 남편과 캠핑이 따로 없다고 시시덕거렸고, 수도 없이 얼어대는 수도를 해결하다 보니 이러다 동파 전문가 되는 거 아니냐며 나중에는 헛웃음이 나왔다. 우리의 어려움이 기가 찼던 앞집 아저씨는 날이 추워지면 어김없이 전화를 걸어왔다. 저녁 함께 먹자는 핑계로 그 집 2층의 빈방을 내주셨고 따뜻한 집밥 정찬도 그 집에서 해결하곤 했다.

2014년 겨울, 수리 중인 속초 집의 모습.
마당을 가로지른 외양간을 없애고 원래의 한옥만을 남겨
수리를 시작했다.

모든 것을 얼려버릴 것 같던 겨울이 갈 듯 말 듯 망설이던 무렵, 주차장 끝 은행나무 밑에서 노란 수선화 꽃이 피어났다. 웬 꽃인가 했는데 그제야 지난가을에 심었던 알뿌리가 생각났다. 지독한 겨울을 나면서 까맣게 잊고 있었는데, 내가 심은 수선화가 열심히 제 할 일을 하고 있었다. 그때 나는 묘한 생각이 들었다. 혹시 내 꿈과 희망도 수선화 알뿌리처럼 마음에 묻어두면 언젠가 스스로 싹을 틔우지 않으려나?

눈도 내리지 않는 마른 겨울. 나의 정원을 걸으며 반전을 꿈꾼다. 잘라내지 않은 갈대는 이듬해 2월의 끝자락에 풀어헤친 긴 머리를 싹둑 잘라 단장을 시킬 참이다. 긴 겨울을 이리 두고 보는 건 따뜻한 지푸라기 한 줌 깔아주지 못한 화단이 이렇게라도 의지를 해주었으면 하는 바람 때문이다. 얼어버린 발걸음에 바스러지는 양잔디는 이 겨울을 이겨내고 이듬해 봄이 되면 땅속으로부터 싹을 틔울 것임을 믿는다. 상록의 잎이라고 평생 같은 잎을 달고 있지는 않다. 봄이 되면 잎을 바꾸어 오래된 잎을 떨구고 새잎을 틔운다. 다만 조금씩 바뀌어가는 일이라 우리가 눈치채지 못할 뿐이다.

우중충한 상록의 잎들도 봄이 되면 밝고 명랑한 새잎으로 바뀐다. 자른 갈대의 밑동에서는 이미 새잎이 돋아날 테고, 내 책상 앞 산딸나무 가지의 도톰한 잎눈, 꽃눈도 날이 풀리면 하루가 다르게 부풀어 오를 게 틀림없다. 구불거리는 가지의 히어리는 노란 펜던트 모양의 꽃을 잎보다 먼저 뽑고, 뒷마당 양지바른 곳 감나무 밑의 수선화, 크로커스, 팥꽃나무는 2월의 끝자락에 가장 먼저 자갈을 비집고 솟아오를 것이다. 식물들은 이 모든 일들을 어느 한 계절 잊지 않고 해오고 있다.

언젠가 수명이 다하여 다시 싹을 보여주지 않을 날이 찾아올지도 모르지만, 적어도 최선을 다해 살아낼 것이라고 믿는다. 그 믿음 속에 내 마음에도 찌르르한 설렘이 생긴다. 남향 볕이 온종일 따뜻하게 들어오는 한옥에 사는 우리. 예쁜 정원을 만들고, 따뜻한 정원 이야기를 많은 사람과 나누며 사는 우리. 언젠가 내가 마음속에 묻어두었던 꿈이었다. 그래서 오늘도 이 참담한 겨울의 한복판에서 나는 다시 한번 선한 의지를 마음에 심어보려고 한다.

시골 생활의 작은 불편, 큰 행복

지금 사는 속초 집은 오래된 한옥이다.

지난해 집 전체를 수리하면서 사랑방 하나는 여전히 불을 때는 아궁이로 남겨두었는데, 아궁이에 불을 넣으면 방바닥이 지글지글 끓어올라 찜질방이 따로 없이 좋았다. 그런데 아궁이가 결국 문제를 일으켰다. 오래된 구들 어딘가가 무너졌는지 이듬해 봄부터는 불을 때면 연기가 굴뚝으로 빠져나오지 않고 아궁이 입구로 다시 흘러나왔다. 아궁이를 살리려면 바닥을 뜯어내고 구들을 다시 놓아야 했다. 구들을 고치는 데 드는 비용도 비용이지만, 구들을 놓을 수 있는 사람을 찾는 일이 더 힘들었다. 수요가 없다 보니 이 기술을 가진 분들이 전업하신 데다 남아 계신 분들은 연세가 너무 많으셨다. 직접 하지 않고서는 아궁이를 보존할 방법이 없었다. 결국 남편이 수소문 끝에 평창에 위치한 구들 놓는 법을 가르치는 학교에 다녔다.

시골집을 방문한 사람들 대부분은 참 좋다고 감탄한다. 하지만 곧 이런 질문이 쏟아진다.

"그런데 마당이 이렇게 넓으면 할 일이 너무 많겠어요?"

"집이 오래됐는데 춥지는 않나요?"

"아무래도 단독주택에서 살려면 많이 불편하죠?"

여기에 대한 내 대답은 한결같다.

"아무래도 일이 많죠. 단열이 잘 안 돼 춥고, 청소하기도 불편하고요."

그러고 나면 사람들은 '이런 고생을 하며 사는구나' 하며 힘겹게 바라본다.

그런데 나는 시골 생활의 불편함이 도시에서 겪는 일보다 낫다. 도시에 살았던 16년 동안 나는 매일 출퇴근길에서 차들이 내뿜는 매연 탓에 창문도 열지 못하고 지끈거리는 머리를 만져댔다. 이럴 땐 그냥 누가 툭 하고 건드리기만 해도 화가 치솟았다. 어쩌다 퇴근이 늦어지면 아파트 주차장은 이미 빈틈이 없었다. 대체 차를 어디에 대고 들어가야 하는 건지 주차장을 서너 바퀴씩 돌 때면 한숨이 폭폭 나왔다. 간단하게 파 한 뿌리 사 오면 될 일인데, 차를 몰고 대형 슈퍼마켓으로 들어가 넓은 매장 안에서 파를 고르고 줄 서서 계산을 마칠 때면 동네 슈퍼가 사라진 게 가슴 아플 지경이었다. 햇볕 좋은 날, 이불 빨래를 해도 널어둘 곳이 없어 집 안에 건조대를 펴야 할 때도 짜증이 났다.

#
마음까지도 보송보송 마르는 오후의 마당 풍경.

언젠가 아파트 엘리베이터에 이런 경고 문구가 붙었다.

"1동 베란다에서 생선 말리시는 분! 냄새가 난다고 신고가 들어왔으니 걷어주세요!" 나 역시도 누가 아파트에서 생선을 다 말릴까 싶었지만, 햇볕에 말린 민어나 굴비가 얼마나 맛있는지를 생각해보면 이해 못 할 일도 아니다.

도시의 생활이라고 편리하기만 할까? 나는 도시의 삶이, 시골에서 낙엽을 쓸고 아궁이의 불을 때고 고추를 따고 말리는 일보다 훨씬 불편하고 힘겹다.

"손톱으로 툭 튀기면/ 쨍하고 금이 갈 듯/ 새파랗게 고인 물이/

만지면 출렁일 듯/ 저렇게 청정무구를 드리우고 있건만" 이희승 시인의 '벽공(碧空)'의 시에서와 같은 하늘을 우리는 얼마나 보고 살아갈까? 가을 햇살이 더 청명할 수 없을 정도로 맑고 푸르다. 시골이기에 가능한 하늘이다.

모든 사람이 저마다의 모양대로 사는 것처럼 시골의 삶이 더 좋다고 말하는 것은 아니다. 다만 꼭 도시에서 살지 않아도 되는 사람들도 있다. 인구의 절반이 서울 수도권에 모여 살고 그 가운데 80% 이상은 공동주택에서 생활한다. 굳이, 인구가 몰려서 생기는 단점을 구구절절 읊을 필요는 없을 것이나.

익숙하지 않은 시골 삶에 막연히 겁이 난다면 살다 보면 살아질 일이라고, 불편하고 힘들어서라면 가치 판단의 문제일 뿐이라고 말하고 싶다. 진정으로 내가 추구하는 삶의 질은 어디에 있는지, 흐린 하늘 밑에서 내가 보는 하늘색이 정말 이러할지, 한 번쯤은 꼭 다시 생각해볼 일이다.

속초로 집을 옮기고 보니 꽤 난감했다.

워낙 도시 생활을 즐기는 편도 아니었지만, 가든 디자인을 하면서 도시에 살자니 답답함이 차올라 견딜 수가 없었다. 처음엔 단순히 도심에서 벗어나자 했는데 막상 일을 벌이고 보니 큰일이었다. 대부분의 일은 서울에서 이루어지는데, 속초에서 서울까지의 오가는 길이 결코 만만치 않았다. 멀다는 것만이 문제가 아니라, 휴가철에는 수많은 관광객과 교통 체증을 나눠야 했다. 괜한 결정을 했나 한동안 후회했다. 하지만 이내 즐거움이 생겼다.

눈을 뜨면 설악산의 사계가 한눈에 들어왔다. 매일 빛깔이 변하는 바다는 내게 말을 거는 듯했다. 나도 모르게 혼자 산과 바다에 묻고 답하는 모습을 보면 '정신줄' 놓은 사람처럼 보일 것 같았다. 설악산의 단풍이 내려오기 시작하자, 그간 보지 못했던 뜨겁게 불타는 설악의 가을을 봤다.

"아, 정말 기가 막히게 예쁘구나."

생각해보면 가을은 매년 나를 찾아왔다. 셈을 해보자면 나는 꼬박 쉰세 번째의 가을을 맞고 있다. 그런데 이렇게 가을이 가슴에 콕 박히도록 아름답다는 생각이 처음으로 들었다. 설악산이 아니었다면, 뿌연 도시 스모그 속에서 낙엽 지면 길 미끄럽다 투정하고 은행나무 열매라도 밟아 구린내가 내 신발에 묻을까 까치발을 딛고 보도블록 위를 걸었을 것이다. 같은 가을인데도 어떻게 이렇게 다른가!

사람은 지극한 행복 속에 서글픔을 느낀다더니, 찬란하게 아름다운 가을 속에 문득 이런 생각이 들기 시작했다. 과연 나에게 남은 시간은 얼마나 될까? 이 아름다운 가을을 몇 번이나 더 보게 될까? 나의 부모는 모두 예순도 못 돼 세상을 뜨셨다. 이런 셈이 맞을 리도 없는데 평균수명, 일흔까지 손가락을 꼽아보니 이제 스무 번 정도 이 가을을 다시 볼 수 있지 않을까. 운이 좋으면 더 볼 수도 있지만, 그보다 훨씬 적을 수도 있다. 아쉬움이 와락 몰려들었다. 남은 가을이 아까웠다.

사실 속초로 이사하면서 내가 겪는 불편은 이만저만이 아니다. 두 시간이 넘는 출퇴근길을 감수한다고 해도, 신속함이 떨어지다 보니 일하는 데 영향을 주었다. 급하게 잡힌 약속은 펑크 나기 십상이었다. 그런데 이런 불편함을 무색하게 만드는 것들이 있다. 시골 생활의 즐거움을 지탱하는 아주 사소하지만 중요한 것들. 매일 저녁

#

창밖으로 잘 말린 감이 주렁주렁 달렸다.

불을 때야 하는 아궁이는 여간 귀찮은 게 아니지만, 굴뚝으로 하얀 연기가 솟아오를 때면 집이 숨을 쉬는 듯 보인다. 가끔씩 집이 살아 있다는 착각이 들 정도다. 그 속에 사는 우리도 바쁜 일상을 내려놓고 잠시 숨을 쉬는 여유를 갖는다.

그리고 돌담 밑에는 감나무 네 그루가 있다. 주렁주렁 달린 감을 보면 주황색 등을 달아놓은 듯 마음이 따스하다. 잘 익은 감은 따서 곶감을 만들어볼 참이다. 간식으로 만들어 서울에서 자취하는 딸들에게 줄 수도 있을 것이다. 겨우내 간식거리가 마땅치 않았던 시절에는 감을 잘 말려 곶감을 만들거나 기래떡에 홍시를 찍어 먹었다. 너무 추운 곳을 제외하고, 우리 땅 대부분의 지역에서 잘 자라는 감나무는 여름에는 무성한 잎으로 지붕에 그늘을 드리우고 겨울에는 잎을 다 떨구어 햇볕이 집에 쏟아지게 한다. 이러니 우리 조상이 왜 이 나무를 집 근처에 두고 사랑했는지 충분히 이해된다. 이미 사라진 집터를 찾아내는 좋은 방법은 감나무와 밤나무가 나란히 심어진 곳을 찾으면 된다고 했다.

자연이 나에게 정확히 뭘 해주는지는 모르겠다. 다만 마음이 편해지고 분노가 가라앉는다. 도시냐 시골이냐 하는 '덧셈 뺄셈'은 사라지고, 이렇게 살아도 된다는 확신이 든다.

SNS에서 한 시인의 어머니가 남긴 감동적인 유언을 보았다.

배움이 없어 호미 잡는 것보다 글 쓰는 게 천만 배는 힘들다는 어머니. 그녀는 그런 자신의 삶을 애달파 하지 말라고 했다. 자신의 삶이 생각보다는 행복했다고. 돌밭을 일구느라 힘들었어도, 그 속에서 극락인 듯 행복한 삶을 살았다 하셨다. 깨꽃이 얼마나 예쁜지, 양파꽃은 얼마나 환했는지, 도라지꽃은 너무 예뻐서 일부러 넘치게 심었다고도 했다. 옛날 우리 어머니들은 먹을거리도 제공하면서 예쁜 볼거리도 주는 채소꽃을 많이 즐기셨다.

지금은 깨꽃을 아는 이가 과연 얼마나 될까! 양파도 꽃이 핀다는 사실을 아는 사람은? 감자꽃은 마리 앙투아네트 왕비가 자신의 모자 장식으로 즐겨 사용했을 만큼 고급스럽고 예쁘다.

땅도 없고, 정원도 없어서라는 '좁은' 마음은 잠시 접어두자. 최근 도시인들을 위한 정원 아이디어가 속출하고 있기 때문이다. 원예 상토 포장지를 그대로 활용한 '그로잉백Growing bag'도 그중 하나다. 그로잉백의 가장 큰 장점은 흙이 없는 보도블록 위나 타일 바닥에서도 식물을 잘 키울 수 있다는 점이다.

여기에서 더 발전해 흙을 구하기 힘든 도시에서는 원예 상토 비닐백 자체를 텃밭정원으로 활용하는 경우도 있다. 원예 상토는 일반적으로 20ℓ에서 50ℓ까지 포장돼 나온다. 포장을 뜯지 않고 옆으로 누여 칼로 구멍을 내고 여기에 호박, 오이, 박 등을 심는다. 혹은 길쭉하고 가늘게 구멍을 내 상추, 치커리, 겨자 등의 잎채소를 심기도 한다. 원예 상토에는 식물을 기르기에 최적화된 유기물이 포함돼 있어 식물로서도 더할 나위 없는 조건이다. 빛이 들어오는 베란다만 있다면 누구라도 특별한 조건 없이 해볼 수 있는 초간편 텃밭정원인 셈이다.

물론 채소뿐만 아니라 뿌리가 깊지 않은 초본식물도 키울 수 있어 미니 꽃밭도 가능하다. 다만 식물을 심기 전 간단한 점검이 필요하다. 상토가 딱딱하게 굳어 있지는 않은지, 그렇다면 전체를 흔들어 공기가 충분히 들어가게 만든다. 배수 구멍 내는 것도 잊지 말자. 오이, 호박 등의 덩굴채소라면 지지대가 꼭 필요하고, 물을 줄 때는 흩뿌리듯 주기보다는 주전자 등을 이용해 뿌리 부분에만 정확하게 주는 것이 좋다.

이런 식물을 키우는 데 겨우 먹는 재미만 있을까? 우리 곁에서 성장하고 꽃을 피우고, 열매 맺는 식물들을 지켜보는 것이 얼마나 행복한 일인지. 도라지 씨를 일부러 넘치게 심었다는 시인 어머니의 마음은 누구라도 해보면 알 일이다.

2014년 영국의 신경정신과 의사 수 스튜어트 스미스Sue Stuart-Smith는 정원 일과 우리의 정신건강에 대한 이런 글을 썼다. 그녀의 친지였던 한 40대 여성은 어린 시절 폭력적인 가정환경에서 자라 2, 30대까지도 타인과의 관계를 잘 맺을 수 없어 정신치료를 받는 상황이었다. 그러나 40대에 정원 일을 시작하면서 그녀에게 많은 변화가 찾아왔다. 그녀는 자신이 정원에서 일하면서 스스로 '좋은 사람'이라는 마음을 처음으로 가져봤다고 했다. 스미스는 그녀의 이런 자존감의 회복은 식물과의 소통 때문이라고 설명했다.

영국의 내셔널 가든 스킴The National Garden Scheme의 발표에 의하면 설문조사에 응한 영국인 39%가 정원에 있는 것만으로도 몸과 마음의 회복을 느끼고, 79%는 정원을 갖는 것이 삶의 질을 높이는 방법이라고 답변했다. 식물이 가득한 숲속이나 산길을 걸을 때 우리 몸에는 회복의 에너지가 생겨난다. 최근 영국에서는 의사들이 공식적으로 쓰는 처방전에 진통제 대신 '일주일에 두 번 숲속 걷기', '일주일에 두 번 원예활동하기' 등을 처방할 수 있게 됐다. 단순히 기분이 좋아지는 차원이 아니라 우리 몸에 실질적인 진통 효과가 나타난다는 것이 의학적으로 증명됐기 때문이다.

우리는 타인에게 상처받기도 하고, 때로는 상처를 주기도 한다. 속사정을 잘 알지도 못하는 누군가에게 폭언과 충고를 서슴지 않고, 상대방이 받을 상처나 고통에 대한 배려는 하지 않는다. 더 많은 성과를 내기 위해 동료와 경쟁해야 하고, 가까운 친구에 비해 뒤처지는 건 아닌지 초조해지기도 한다. 하지만 식물은 조용하고 단순하게 산다. 경쟁적이고 도전적인 삶을 지향하지 않는다. 식물의 삶을 들여다보면 관계에서 생기는 상처와 불안, 집착이 얼마나 부질없는지 새삼 느끼게 된다.

정신과의사 스미스는 '정원 일은 우리가 하는 종교의식'과 비슷한 정신적 작용을 한다고도 말했다. 종교의식이 우리 마음속의 수많은 찌꺼기를 걸러내는 일이듯 식물과의 소통도 내면의 정화를 이뤄낸다는 것이다. 물론 수의 이론도 과학자로서 하나의 견해일 뿐이지만, 오랫동안 정원 일을 해왔던 나의 개인적 경험에 비춰보면 그녀의 이론은 상당히 설득력이 있다.

반면 수는 정원 일이 주는 상실감과 실망감에 대해서도 이야기한다. 작년에 봤던 식물이 올해 보이지 않거나 뿌린 씨앗이 올라오지

2월부터 싹을 틔워
3월에서 4월 사이 심는 감자.

않을 때 우리는 실망감을 느낀다. 그래서 그녀는 정원을 시작하려는 이들에게 어렵지 않은 식물부터 시작하라고 권한다. 나의 의견도 같다. 식물에 적합한 환경이 아니라면 그 식물에도, 그걸 지켜보는 사람에게도 힘든 일일 수밖에 없다. 정원 디자인의 첫걸음이 언제나 그 지역에서 자생이 가능한 식물의 리스트를 뽑는 일인 것도 이 때문이다.

어느 날 우리 집 화단을 자세히 다시 둘러보니, 작년에 심은 튤립 150알 중 일부는 싹을 틔우지 못했다. 심은 대로 거둔다고 했지만, 실은 심은 대로 거둘 수가 없는 것이 자연의 일이다. 중국 격언에는 씨앗을 심을 때 네 알을 심으라고 했다. 하나는 새에게, 하나는 죽을지도 모르는 식물 때문에 마음 아플 나를 위해, 그리고 남은 두 알을 거두라는 의미다. 중요한 것은 심은 대로 거둘 수 없다고 해도 식물은 우리가 생각하는 것보다 훨씬 살아가기 위해 최선을 다한다는 사실이다. 애쓰는 식물의 모습에 우리의 마음도 기운이 나고 위로를 받는다. 그래서 비록 심은 대로 거둘 수 없다 하여도, 오늘은 심어보자.

서양 격언에는 이런 말이 있다.

'너의 정원을 보여달라. 그러면 나는 당신이 어떤 사람인지를 말해주겠다.' 정원 전문가가 아니어도 누군가의 정원을 보면 그곳을 가꾼 이의 성격과 마음이 보인다. 영국의 시인 비타 섹빌 웨스트 Vita Sackville-West의 정원인 시싱허스트 캐슬 가든Sissinghurst Castle Garden은 그야말로 세상의 모든 꽃들을 모아놓은 듯 화려하다. 생각을 삭혀서 글로 표현했을 그녀가 자신의 정원에 이토록 많은 식물을 심어놓은 건 단지 미적 관상만을 위해서는 아니었을 것이다. 밖으로 드러내지 않은 그녀의 수많은 생각들이 정원의 식물에 담겨 있지는 않았을까? 그녀는 글을 쓸 때면 오래된 탑에 들어가 서너 달이 넘도록 나오지 않아 남편과 자식들의 애를 태웠다. 그만큼 그녀의 사색은 깊고 무거웠다. 그래서일까? 그녀의 절친한 친구였던 시인 버지니아 울프는 부딪치는 정신의 갈등을 이겨내지 못하고 결국 자살을 택했다.

누구나 정도의 차이는 있지만, 헤아릴 길 없는 정신의 처절한 수렁에서 빠져나오지 못하는 때가 있다. 이 상황을 이겨내기 위해 누군가는 술과 마약에 빠지고, 누군가는 운동을, 누군가는 책을 읽기도 한다. 그런데 누군가는 정원을 가꾸며 지친 정신을 위로한다. 어쩌면 섹빌 웨스트에게도 정원은 이런 의미였을지도 모른다.

무슬림들은 정원을 '파라다이스'라 불렀다. 아랍어를 쓰는 이들의 인사인 '앗살라무 알라이쿰As-salamu alaykum'은 '당신에게 평화가 있기를'이라는 뜻이다. 그 대답인 '알라이쿰 살람Alaykum salaam' 역시도 '평화가 너에게 내려지기를'이라는 의미다. 이슬람의 성경 코란에서는 정원을 우리의 정신과 영혼이 평화로워지는 곳이라고 정의했다. 고립된 최후의 항쟁지 알함브라 요새에서 무슬림들이 자신 숭배하는 신의 이름으로 세상에서 가장 아름다운 정원을 꽃피운 이유는 분명하다. 이들에게 정원은 극단으로 치닫는 공포의 끝자락에서도 희망의 끈을 놓치지 않으려 안간힘을 쏟아내는 곳이었다.

우리나라 최고의 전통 정원 중 하나로 꼽히는 소쇄원에 담겨 있는 양산보가 그린 마음도 그러하다. 자신의 정의와 이상을 허무하게 무너뜨린 정치를 원망하며 양산보는 세상의 모든 것을 포기하고 싶었을지도 모른다. 그런 그가 마지막까지 놓치지 않고 붙잡고자 했던 세상이 바로 정원이었다. 소쇄원으로 가는 길은 짙은 대나무숲 입구를 따라간다. 작게 열어두었던 통로를 통해 자신이 꿈꾸는 이상적인 세계로 누군가 들어오기를 바랐을지도 모를 일이다.

중국 4대 정원 중에 하나로 꼽히는 쑤저우(蘇州)시의 졸정원(拙政園)은 왕실 행정관이었던 왕 시안청Wang Xiancheng의 정원이다. 그는 여러 관직을 두루 거친 정치인이었다. 그의 삶에 대해 자세히 알려지지는 않았지만, 1510년 그는 아버지의 상(喪)을 핑계로 모든 관직을 내려놓고 고향인 쑤저우로 돌아온다. 그리고 3년여에 걸쳐 정원을 만들었고 그 이름을 '초라한 정치인의 정원'이라는 의미로 '졸성원'이라 칭했다. 1만5천 평 규모가 넘는 거대한 규모의 정원이었지만, 당시 잘 알려진 시인의 시에서 '졸정'이라는 뜻을 가져왔다. 극심한 정치의 소용돌이 속에서 좌절과 힘겨운 성취를 반복하며 살았던 왕 시안청. 졸정이란 단어는 그가 자신이 한때 지녔던 권력이 얼마나 초라한 것인지를 반성하는 의미로 택한 단어였다. 자신을 들볶고 할퀴는 영욕이 아니라 고요히 자신을 내려놓고 얻으려 했던 마음, 그건 분명 정신과 육체의 편안함이었을 것이다.

인류는 저마다 다른 형태로 정원을 만들어왔다. 하지만 정원을 만들고자 했던 이유만큼은 크게 다르지 않다. 정원이 인류가 누렸던 호사스러운 취미거나 사치일 뿐이었다면 이 문화가 이렇게 살아남았을 리가 없다. 영국의 정원학자 톰 터너Tom Turner는 우리가 정원을 만드는 이유는 우리의 몸과 정신이 건전하게 활동하도록 돕기 위해서라고 봤다. 우리의 건강한 몸을 위해 채소나 과실수를 길렀다면 정신을 수양하고 위로하기 위해서도 정원을 만든다는 것이다.

중세 유럽에 흑사병이 돌아 인구의 5분의 1일이 죽어갈 때, 사람들은 마지막 생존의 희망을 안고 도시를 떠나 시골로, 정원으로 도망쳤다. 그곳에서라면 병든 자신을 치료할 수 있을 것이라고 믿었기 때문이다. 만약 오늘 어쩔 수 없는 세상의 끝자락에 서 있다면 나는 어디로 도망을 칠까? 아마 나 역시도 그 희망의 장소는 바로 '정원'이 아닐까 싶다.

#
늦여름 노란 꽃을 피우는 크레마티스.
지고 나면 할미꽃 같은 하얀 씨앗 뭉치를 남긴다.

2006년 작고한 영국의 유명 정원사, 크리스토퍼 로이드Christopher Lloyd는 '관리가 수월한 정원을 어떻게 하면 만들 수 있느냐'는 질문에 떡 잘라 내답했나.

"그런 정원은 없습니다."

금융인이었던 그는 훗날 어머니의 정원을 물려받아 그레이트 딕스터 가든Great Dixter Garden이라는 정원을 만들어 초원풍 메도우 정원을 새롭게 만들어내기도 했다. 그의 정원에 도착하면 크리스토퍼가 왜 관리가 수월한 정원은 없다고 말했는지 충분히 짐작이 간다. 형형색색 꽃들이 만발하고, 지붕 위로 올라가 꽃을 피우고 있는 식물들을 보고 있자면 정원사의 노련한 솜씨가 엿보인다기보다는 식물이 그 자체로 '발광'이다. 그런데 좀 더 가까이 들여다보면 지붕 위로 자연스럽게 올라가 있는 덩굴 식물 줄기엔 정원사가 일일이 묶은 끈이 보이고, 풍성한 잎사귀 밑을 들춰보면 채로 친 고운 거름이 가득하다. 실제로 부지런한 정원사는 거름을 그냥 쓰지 않고 체로 받아 곱게 만들어 뿌린다. 그래야 공기층이 많아져 식물 뿌리가 잘 파고들고 영양분도 잘 흡수하기 때문이다.

미국의 두 번째 대통령이었던 토머스 제퍼슨은 대통령이기 전에 유명한 정원사이면서 채소 재배사였다. 버지니아에 있는 그의 농장 몬티첼로에는 복숭아, 사과, 체리 등 과실수만도 130여 종이 넘었고 당근, 토마토, 콩 등 그 외에도 수십 종이 가득했다. 그는 자신의 정원에서 벌어지는 일들을 기록으로 남겨 맛있고 질 좋은 채소와 과일을 수확하는 데 큰 공헌을 했다. 특히 당시 독을 지녔다고 오해받던 토마토를 직접 키워 선거 유세 현장에서 한 양동이를 다 먹음으로써 전혀 해가 없음을 알리기도 했다. 그가 아니었다면 토마토는 아직 우리 식탁에 올라오지 못했을 수도 있다. 훗날 그는 정원사로서의 삶에 대해 이렇게 말했다.

"흙 일을 하는 사람은 신으로부터 선택받은 이다."

1년 사계절, 꽃이 만발하면서도 사람 손이 많이 가지 않는 정원을 디자인해달라는 부탁을 종종 받는다. 그런데 크리스토퍼의 대답처럼 또 토머스 제퍼슨이 몸으로 보여주었던 것처럼 아무리 애를 써도 내 손에 흙을 묻히지 않고, 땀 흘리지 않고 아름다운 정원을 만들 재간은 없다. 아직도 우리나라 사람들은 '좋은 정원'이라고 하면 수형이 멋진 큰 나무 몇 그루를 심고 거기에 잔디를 깔아 깨끗하게

\#
담장에 그림을 그리고, 화단을 만들고, 정원을 만드는 일은
늘 나를 꿈꾸게 한다.

정리된 풍경을 떠올린다. 이런 정원이라면 관리가 수월할 수는 있다. 하지만 덩굴장미가 담장을 타오르고, 붓처럼 말아진 붓꽃이 어느 순간 펑 하고 꽃을 펼쳐내고, 꽃대가 휘어질 정도로 큰 꽃을 피우는 달리아를 즐길 수는 없다. 내 손으로 직접 기른 토마토를 따서 식탁에 올리고, 한 해 동안 잘 키운 콩꼬투리에서 빼낸 콩으로 밥을 짓는 기쁨도 없다.

식물의 연약한 싹이 온 힘을 다해 무거운 흙을 들어 올리고, 1년에 딱 한 번 꽃을 피우기 위해 얼마나 큰 노력을 하고 있는지, 꽃이 핀 뒤 나비와 벌들이 날아와 어떻게 아름다운 공생하는지, 그리고 꽃잎을 바짝 말려 한 알의 씨앗을 맺기 위해 얼마나 애를 쓰는지 그

치열한 삶의 현장을 봐야 한다. 바로 여기에서 진정한 정원 일의 즐거움이 생긴다.

　날씨가 괜찮은 날이면 설악산에 간다.

　등반이 아니라 산 아래 산책길을 두 시간 남짓 걷는다. 그 산책길
이 이름을 누가 붙였는지 모르지만 '명상의 길'이라고 한다. 그런데
나는 이 산책길을 다니며 명상을 제대로 해본 적이 없다. 처음 그곳
에 들어서면 묵음 버튼이 눌린 것처럼 도시의 소음이 사라져 순간
아무것도 들리지 않지만, 곧 상황은 달라진다. 마치 귀가 새로운 버
전으로 세팅된 듯 들리지 않던 수백 가지 소리가 들려오기 시작한
다. 나뭇잎이 바람에 흔들리는 소리, 다람쥐가 나무를 타는 소리, 오
색딱따구리가 나무 기둥을 쪼는 소리, 솔방울이 예고 없이 툭툭 떨
어지는 소리, 나무 기둥에서 들리는 보글거림은 귀를 의심케 하고,
나뭇잎 바스락 거리는 소리에는 누가 따라오나 싶어 자꾸 뒤를 돌
아보게 한다. 이 많은 소리 속에서 명상이 잘 될 리가 없다.

　우리의 귀는 20Hz에서 2만Hz 사이의 소리를 듣는다. 이보다 더
작은 소리는 듣지 못하고, 돌고래가 내는 2만Hz 이상의 소리도 들

지 못한다. 우리의 귓속에는 머리카락과 같은 잔털이 있는데, 이것이 공기 중의 진동 소리를 감지하고 뇌로 전달해 무엇인지 판단하게 한다. 우리는 단순히 좋은 음악을 듣고 있다고 생각하지만 우리의 청각은 이 복잡한 일을 해내는 중이다.

과학자들은 식물도 소리를 들을 수 있을까 궁금해왔다. 일부 논문에서는 음악을 들려주었을 때 식물의 성장이 빨라지고, 좀 더 빨리 싹을 틔웠다는 설도 제기했다. 누군가는 모차르트의 음악은 식물을 성장시키지만 락음악은 식물의 성장을 둔화시킨다는 설도 펼쳤다. 이탈리아의 한 논문에서는 포도 농장에 클래식 음악을 틀어놓으니 포도 수확량이 증가했다고도 밝혔다. 이런 다양한 설에도 불구하고 식물이 소리를 듣고 그에 반응한다는 사실은 아직까지 과학적으로 증명된 바 없다.

그러나 이스라엘의 텔아비브 대학의 하다니 박사Dr. Hadany는 벌의 날개 비벼대는 소리가 식물의 개화를 좀 더 빠르게 만든다는 사실을 밝혀냈다. 스위스의 베른 대학에서는 소나무와 참나무가 가뭄이 심할 때 스스로 초음파를 만들어 이웃 식물에 전달한다는 사실도 증명했다. 하지만 이 모든 연구의 결론은 동물과 같은 청각 기능에 의해서가 아니라 진동이 식물의 잎을 건드려 그 자극에 의해 정보를 받아드린다는 것이었다. 다만 인간의 귓속에 있는 청각 세포와 똑같은 세포Myosins가 식물에도 있다는 것이 밝혀졌는데, 뿌리에 잔털로 존재하는 이것은 듣는 용도가 아니라 물과 영양분을 흡수하는 역할을 한다.

그렇다면 왜 식물에는 듣는 기능이 없을까? 여기에 대해 미국의 식물학자, 대니얼 샤모비츠Daniel Chamovitz는 흥미로운 의견을 제시한다. 사실상 인간이 보고, 듣고, 말하고, 움직이는 기능을 갖게 된 것은 위험으로부터 자기를 보호하고 살아남기 위해서다. 그런데 식물은 이런 기능 없이도 지구상의 생명체 중에 가장 오래 살아남았고, 앞으로도 기상이변이니 재앙이 닥친다고 해도 그 어떤 동물보다 오래 살아남을 확률이 가장 높다. 이는 모든 과학자들이 인정하는 사실이다. 그렇다면 우리가 고도로 발달돼 있다고 생각하는 우리 몸의 기관이 생존에 그리 유리하지 않을 수도 있다는 것이다. 챔모비츠 박사의 결론은 이렇다. 식물에게는 눈, 코, 입 같은 감각 기관이나 심지어 도망 칠 수 있는 능력이 전혀 없음에도 위험으로부터 자신을 지키는 탁월한 능력을 지녔다는 것이다.

식물은 병원균에 감염되거나 곤충으로부터 심각한 공격을 받으면 화학 가스를 만들어 분출한다. 이 가스는 자신의 옆가지 혹은 옆나무로 전달되는데 이때 가스를 맡은 식물은 자신의 몸을 화학적으로 변화시켜 병원균을 아예 방제하거나 혹은 곤충에게 치명적인 독을 만든다. 그뿐만 아니다. 똑똑한 식물은 자신의 씨앗을 지키기 위해 잎과 씨에 동물과 곤충에게 치명적인 독을 함유하기도 한다.

　필요가 없으면 발전시키지 않는 것이 지구상에 사는 생명체의 법칙이다. 동물보다 더 오랜 시간을 지구에서 살아온 식물이 듣고, 보고, 말하는 기능을 갖고 있지 않다는 것은 그것이 생존에 굳이 필요하지 않기 때문인 셈이다. 차모비츠 박사는 하나의 가설을 더 제시한다. 어쩌면 우리가 알고 있는 기능이 아닌 우리가 짐작하기 힘든 방식으로 식물들은 이미 보고 듣고 말하고 소통하고 있는지도 모른다고.

＃
늦가을, 속초 집 화단을 빛내주는 국화.

뜨거운 햇볕을 못 견디고 에키네시아 잎이 말라가는 중이었다.

약속이 있어 집을 나가려다 되돌아서 물 확에 고인 물을 물조리에 담아 얼른 화단에 주고 나섰다. 외출에서 돌아와 보니 그사이 잎에 물이 올라 조금은 기력을 되찾은 것 같았다.

정원은 디자인도 어렵지만 관리는 더 힘들다. 여름 정원의 가장 중요한 일은 잡초를 제거하고 초본 식물이 휘청거리지 않도록 지지대를 세우고 진 꽃의 꽃대를 자르는 일이다.

요즘 여름처럼 30도를 훌쩍 넘기는, 구름 한 점 없는 뜨거운 날이 계속되면 아침저녁 물주기도 잊지 말아야한다. 이 외에도 식물마다 특징을 이해하고, 그에 따른 관리를 해줘야 하기 때문에 식물학에 대한 공부도 필수다. 막연하게 원예라는 것을 노동이라고만 생각하지만, 세부적으로는 이론, 기술, 실습을 통해 정원 관리의 노하우를 습득하는 일이다. 이 모든 것을 한마디로 요약한다면 '예쁘게 정원 관리하기'라고 할 수 있다.

시들어가는 식물을 보면서 '아름답다, 예쁘다'라고 말하기 어렵고, 잡초가 싫은 이유도 이 식물들로 뒤덮인 정원이 우리 눈에는 폐허처럼 보이기 때문이다. 지지대 없이 늘어져 휘청거리는 식물을 보는 일은 우리 마음을 불안하게 만든다. 화려한 색상의 꽃이 없는 정원은 우리의 눈길을 끌지 못한다. 결론적으로 정원은 '아름다운 공간의 연출'이다. 그렇다면 좀 묘한 생각이 든다. 흔히 하는 말로 정원이 예쁘다고 쌀이 나오는 것도 아닌데 그저 보기 좋은 정원을 만들자고 새벽부터 정원에서 하루 종일 쪼그려 앉아 등 한 번 펴기 힘든 노동도 감수한다. 대체 왜 이러는 걸까?

영국의 생물학자, 찰스 다윈은 우리에게도 잘 알려진《종의 기원》(1859년)을 쓴 뒤, 12년이 지나서야《인간의 유래The Descent of Man, and Selection in Relation to Sex》라는 책을 발표한다. 두 번째 책이 나오기까지 긴 공백은 그에게 엄청난 고뇌와 힘겨움의 시간이었다.《종의 기원》을 통해 모든 생명은 생존에 유리한 방향으로 진화된다는 '진화론'을 세웠지만, 이 법칙에서 벗어나는 생명체의 양상을 해결할 길이 없었다. 그는 친구에게 보낸 편지에서 '공작은 정말 쳐다볼수록 골칫덩어리'라고 했는데, 바로 공작의 깃털 때문이었다. 깃털은 화려하고 예쁜 것을 제외하면 천적에게 들킬 치명적인 위험이 있고 걷기에도 불편할 뿐만 아니라 적으로부터 재빨리 도망치는

속초 집 뒷마당에 자리한 툇마루.
정원은 우리 삶의 템포를 조금 늦춘다.

것도 불가능했다. 그의 진화론대로라면 왜 공작이 이런 깃털을 지녔
는지 설명할 방법이 없었다. 하지만 오랫동안 관찰과 연구 끝에 —
지금도 논란의 여지가 있기는 하지만 — 공작의 깃털을 설명할 수
있는 이론을 '인간의 유래'를 통해 설명했다.

  생명체는 생존을 위한 진화와는 별개로 이성에게 자신의 매력을
어필하고자 하는 '성선택Sexual selection'도 이뤄졌다. 수컷 새들이
유난히 현란한 색상을 지니고 아름다운 음을 만들어 노래를 하고
깃털이나 털에 특이한 문양을 만들어내는 것도 그런 차원에서 이해

할 수 있다. 수컷이 이런 아름다움을 만들어내는 데는 암컷이 이런 특정한 색의 조화와 노랫소리, 문양 등에 관심을 갖기 때문이라는 것이다. 결국 수컷의 아름다움은 암컷의 취향을 반영한 결과라고 볼 수 있다.

당시 다윈의 이론은 종의 기원만큼 지지를 얻지 못했고 거센 논란을 일으키다 시시히 잊혀졌다. 하지만 오늘날 그의 이론을 바탕으로 한 논문들이 다시 발표되는 중이다. 여전히 다윈의 이론이 완벽하다고 볼 수는 없지만, 그 뿌리는 옳았음을 많은 후배 과학자들이 증명하고 있는 셈이다.

가끔은 나 자신에게도 물을 때가 있다. '정원이 뭐길래, 이렇게 좋은 걸까?' 어쩌면 그 질문의 대답을 '무용'한 아름다움을 말했던 다윈의 이야기에서 찾을 수도 있지 않을까. 거창하게 다윈의 이론까지 빌려와 표현하는 것이 맞는지는 모르겠지만 아름다운 색의 꽃이 피어나고, 잘 정리된 정원을 보는 것 자체가 그저 행복할 따름이다. 그리고 아무 조건 없는 이 행복을 다른 이들과도 함께 나누고 싶다.

"아니, 이걸 꼭 지금 해야 돼?"

아침밥도 먹지 않은 채 부스스 일어난 뒤 텃밭 한번 살펴보자고 나간 길이었다. 쉬는 날을 잡아 여유 있게 수확하려던 옥수수가 누렇게 타들어가고 있었다. 남편까지 합세해 느닷없이 수확을 시작했다. 남편의 쓴소리를 들으면서도 머뭇거릴 시간이 없었다. 50대도 넘는 옥수수를 따는 일은 그리 간단하지 않았다.

정작 문제는 옥수수를 수확한 이후부터였다.

옥수수를 따놓고 보니 어떻게 보관을 해야 하나 다시 눈앞이 아득했다. 가장 좋은 방법은 삶아서 냉동실에 보관하는 건데 이걸 오늘 중으로 할 수나 있는 건지. 대체 나는 왜 이렇게 일을 키운 것인지. 옥수수를 다듬으며 내 손은 정신없이 분주했다.

원래 옥수수를 심었던 올봄의 나의 계획은 아주 창대했다. 우선 옥수수를 수확하면 옥수수수염을 잘 정리해 신장에 좋다는 옥수수 수염차를 직접 끓여볼 참이었다. 옥수수의 반은 삶아서 냉동실에 보관해두었다 직화 불로 구워 간식으로 먹거나 버터 바른 프라이팬에 굴려서 버터구이 옥수수도 만들어야지. 나머지 반은 알을 다 빼내 모아두었다 밥을 지을 때 넣어 옥수수밥을 해야지.

하지만 옥수수를 네 번에 걸쳐 삶는 동안 옥수수수염차는 어느새 쓰레기통으로 사라져버렸다. 한 번에 끓일 가마솥이 없어 물을 끓이고 옥수수를 삶고 그사이 옥수수를 다듬는, 그 고단한 과정을 반복하며 또 한 번 나를 원망했다. 8월 1일 초여름, 속초에 폭염주의보가 내려졌던 날이었다.

밤이 되서야 찐 옥수수를 먹으며 눈물이 나올 것 같았다. 가만히 있어도 땀이 나는 더위 속에 온종일 물을 끓여댔으니 집 안에 가득 찬 열기가 밤이 되어도 빠지질 않았다. 옥수수만이 아니라 사람도 같이 삶아져 내 얼굴까지 핼쑥해졌는지 남편이 혀를 찼다.

"아이고, 옥수수가 사람 잡네!"

그래도 그날 찐 옥수수는 너무 고소했다. 물렁이지도 않고 단단한 맛이 일품이었다.

이후에도 옥수수의 반전은 계속됐다. 냉동실 문을 열 때마다 켜켜이 쌓인 옥수수가 그렇게 사람을 행복하게 할 줄이야. 세상에 어떤 옥수수가 이보다 맛있고 예쁠 수가 있을까!

살다 보니 타이밍이 참 중요하다. 사과를 해야 할 때를 놓치면 그

\#
봄부터 여름까지 담장을 대신하다
다시 부엌으로 찾아와주는 옥수수.

말을 다시 하기 힘들다. 사랑하는 마음도 필요한 순간, 상대에게 하지 않으면 무용지물이 된다. 아이들이 부모를 필요로 할 때 외면하면 아이들은 어느새 자라 부모 곁을 떠난다. 나중에 시간 나고 돈 생기면 그때 해야지 했던 수많은 버킷리스트들은 그걸 적었을 때가 할 수 있는 적기다. 지금을 놓치면 '그때'는 영원히 오지 않는다.

정원 일도 다르지 않다. 딱 그때여야만 하는 타이밍이 있다. 식물을 심을 시기, 열매를 수확하는 시기, 덩굴의 가지를 잡아주는 시기, 꽃대를 잘라주는 시기 등등. 정원 일의 적절한 때를 놓치면 식물은 회복할 수 없는 상태가 된다. 너무 일찍 심으면 추위에 냉해를 입어 죽을 것이고, 늦게 심으면 식물 성장이 빠르지 않아 꽃과 열매가 부실해진다. 수확이 이르면 설익은 과실을 얻게 되고, 너무 늦으면 맛을 잃어버린다. 성장기에 가지치기를 놓친 식물은 못난 모습으로 평생을 살게 된다.

언제가 적당한 타이밍인지에 대해서는 우리의 계획이 아니라 식물 스스로가 이때라고 우리에게 말을 걸어옴을 잊지 말자. 매일 들여다봄 속에서 어느 날 식물들이 지금이라고 말해줄 때 그때를 놓치지 말자. 꼭 필요한 순간, 그 타이밍에 서로에게 필요한 것을 해주는 일은 큰 감동과 행복이 되어 돌아온다.

#

정원 일은 '지금'이어야 하는 타이밍이 있다.

여름, 씨앗 잉태하는 계절

설악산을 코앞에 두고 살아도 산을 찾는 일은 쉽지 않다.

먼발치에서 바라만 보다 몇 주 만에 산으로 향하니 산의 모습이 영 다르다. 몇 주 전만 해도 파릇한 새싹이 언제쯤 활짝 펼쳐질까 싶었는데 그새 짙은 녹음으로 변했다. 식물은 느린 듯 보이지만, 쉬지 않고 자신의 일을 묵묵히 해낸다. 가끔 우리 삶 속에도 이런 사람들을 만나게 된다. 돋으라짐 없이 천천히 자신의 길을 가는 사람이 결국 쉽지 않은 일을 해낸다.

6월의 정원은 여름의 완연한 시작이다. 1년 중 해가 가장 길어지는 하지(6월 22일 혹은 23일)가 있어 말 그대로 계절이 정점을 찍고 다시 새로운 변화로 접어드는 시점이다. 6월의 정원에서 만나는 가장 큰 즐거움은 열매다. 봄날은 단어 자체가 주는 싱그러운 느낌과는 달리 날씨 자체가 불안정해서 춥고 바람 불고 비바람까지 몰아치는 그야말로 질풍노도의 시기다. 오죽하면 서양에서는 봄바람을 사자의 으르렁거림에 비유했을까! 이 변덕스러운 날씨 속에서 식물들은 된서리도 맞고 갑작스러운 눈까지 뒤집어 쓴 채 얼기도 한다.

그러나 포기는 없다. 불굴의 투지로, 느리지만 천천히 자라나 드디어 6월이 되면 왜 그토록 열심히 살았는지 생존의 증거를 보여준다. 이미 꽃이 진 자리에 열매를 맺은 빨간 딸기, 어느새 엄지손톱 크기를 넘은 초록 매실, 그 외에도 고추, 가지, 토마토가 하루가 다르게 키를 키워 열매를 맺는다. 날이 춥다고 포기하고 바람 분다고 성장을 멈추었다면 결코 보지 못했을 결실. 보는 것만으로도 감사한 일이다.

봄에 꽃 피운 식물을 정리하는 게 꽃 화단에서는 가장 중요한 일이다. 3월부터 5월 초까지 화려하게 꽃을 피웠던 튤립, 수선화, 무스카리의 잎이 누렇게 변색되며 정원을 시들어 보이게 한다. 일단 알뿌리를 꺼낸 뒤 그 자리에 새로운 여름 꽃을 심는다. 달리아Dahlia, 아스틸베Astilbe, 크로코스미아Crocosmia, 글라디올러스Gladiolus, 인동초Lonicera, 클레마티스Clematis 등이 봄 식물을 대신하게 된다. 또 이보다 살짝 늦게 피는 코스모스, 국화, 칸나 등도 지금 준비를 하는 것이 좋다.

더불어 여름 화단은 꽃대를 지속적으로 따야 한다. 식물들은 꽃이 지고 나면 씨앗이나 열매를 맺는 데 많은 에너지를 소비한다. 이럴 때 뒤이어 올라오는 꽃잎이 제대로 피워보지 못하고 영양분 부족으로 시들 수가 있다. 꽃을 좀 더 오랫동안 감상하고 싶다면 씨를 맺기 전에 꽃대를 잘라주는 것이 좋다. 단, 씨앗을 받아 내년을 대비할 생각이라면 일부를 남겨 끝까지 씨가 맺히는 것을 지켜봐야 한다.

라벤더나 로즈메리 등의 허브 식물들은 이 시기에 맨 윗부분 줄기를 잘라 배양토에 꽂아주면 뿌리가 나와 새로운 식물이 된다. 이 방법은 씨를 발아하는 것보다 기술적으로 쉬우면서도 시간을 단축할 수 있다는 장점이 있다. 그런데 일명 '꺾꽂이'이라고 불리는 이 방식은 식물을 복제하는 것이어서 씨앗에서 발아된 것처럼 새로운 자식이 탄생하는 것은 아니다. 복제한 식물이 많을 경우, 병충해에 취약해 한꺼번에 죽을 수도 있기 때문에 꺾꽂이와 씨앗으로 발아하는 방법 모두 사용하는 것이 좋다.

#

6월 말, 벌써 열매를 맺는 식물도 많다.
보리수나무에 가득 달린 보리수 열매.

틈처럼 스미는 계절

여름과 가을의 틈에 9월이 있다.

절기상으로 새벽이슬이 내리는 백로(白露)가 9월 7일이고 낮과 밤의 길이가 같아지는 추분(秋分)이 9월 22일이다. 일반적으로 농사에서 9월은 모든 곡식과 과일이 열매를 살 찌우는 중요한 시절이다. 그래서 백로 전에 서리가 내리면 벼가 여물지 못해 흉년이 든다고 본다. 9월 22일 추분이 오면 이때 벼를 수확한다. 따라서 9월은 어느 계절보다 맑고 쾌청한 햇살이 필요하다. 그런데 하필 이 시점에 태풍이 찾아와 맘을 졸이게 만들기도 한다.

정원은 농사와는 조금 다르다. 농사와 마찬가지로 정원에 심어진 과실수인 장미, 꽃사과, 모과의 열매가 영글지만, 식물의 잎은 서서히 물기를 뺀다. 더는 광합성을 위한 엽록소를 만들지 않아 초록색을 잃어간다. 다년생 초본식물도 여름내 광합성 작용을 하던 잎을 떨어낸다. 누렇게 기력이 약해진 원추리, 범부채, 나리의 잎은 자르는 게 좋다. 이때 4~5년부터 한자리에서 자라고 있는 다년생 초본

식물인 붓꽃, 아기 범부채, 나리 등은 캐내어 묵은 뿌리를 제거하고 새로운 뿌리를 모아 다시 심어주는 일도 필요하다. 그대로 두면 묵은 뿌리에서 더는 잎과 꽃을 피우지 않고 늙어가는 증상이 생기기 때문이다.

하지만 식물이 성장을 멈추는 시기에 꽃을 피우는 귀한 식물도 있다. 대표적인 꽃이 바로 국화. 덩굴 식물인 크레마티스의 일부 종도 9월에 찬란한 꽃을 피운다. 가을에는 식물이 수분을 맺을 때 꼭 필요한 곤충이 사라지는데도 그 계절을 택해 꽃을 피우는 것은 치열한 경쟁의 빈틈을 노리려는 것이다. 더불어 병충해의 기승을 빗어나려는 의도이기도 하다.

누군가 9월은 쇠락해가는 계절이라고 했다. 그런데 내 눈에는 꼭 그렇지도 않다. 혹독한 여름 더위가 물러나고 아직 추위가 오지 않은 9월은 묘한 설렘이 생긴다. 곧 눈부신 가을이 한 번 더 찾아올 것이라는 기대, 올해 못 했던 일들을 내년엔 할 수 있을 것 같은 희망. 식물도 나도 모진 날씨를 이기고 기어이 잘 견뎌냈다는 감사의 마음이 흐르는 시간, 그게 9월이다.

#
자작나무는 9월부터
노랗게 낙엽이 들기 시작한다.

나는 가을을 참 좋아한다.

영국에서 7년 넘는 유학 생활을 하던 중 유난히 가을이면 향수병이 더 심해졌다. 처음에는 흐린 날씨 때문에 마무리되는 그을음이니 마음이 지치고 일교차가 심해서 생긴 증상이 아닐까 했다. 영국은 가을이 되면 본격적인 우기로 접어들어 햇볕이 현격히 줄어든다. 영국인들이 우리처럼 단단하고 탐스러운 과일을 재배할 수 없는 이유도 여기에 있다. 그런데 한국에 돌아와 처음 가을을 맞았을 때 샛노랗게 물든 은행과 붉은 단풍을 보며 그제야 내 향수병의 원인을 알 수 있었다. 내 향수병은 잃어버린 가을에 있었다.

영국은 부족한 일조량에 단풍이 들지 않는다. 가을이 되도 은행나무는 노란 잎을 만들어내지 못하고 둔탁한 갈색으로 말라 떨어진다. 그렇게 영국의 가을만 되면 나는 지독히 한국의 가을 절경이 그리웠던 것이다.

하지만 우리 가을의 절정이 단풍에만 있는 것은 아니다. 바로 독보적인 가을 식물, 국화가 있다.

국화의 자생지는 중국, 우리나라, 일본 일대다. 특히 기원전 15세기부터 국화를 재배했던 중국은 국화의 종주국이라고 해도 과언이 아니다. 중국의 재배 기술이 우리나라를 거쳐 일본으로 건너갔는데 훗날 일본은 왕실의 상징을 국화로 삼을 정도로 국화 사랑이 극진했다.

최근 유럽인들의 국화에 대한 사랑 역시 심상치 않은데, 이 현상이 나에게는 묘한 데자뷔를 일으킨다. 현재 영국의 식물처럼 인식되는 카밀리아camelia는 자생지가 우리나라인 동백꽃을 말한다. 우리의 동백나무를 기본으로 장미, 작약과 수많은 접붙이기를 통해 현재 400여 종이 넘는 '카밀리아'를 만들어낸 셈이다. 유난히 향과 색이 강해 전 세계 라일락 시장을 점유한 '미스킴 라일락'도 비슷한 전철을 밟았다. '수수꽃다리'라고 불렸던 우리 자생종을 미국의 윌슨이라는 원예학자가 채집한 후 수종 개발을 통해 더 짙은 향기와 색상으로 세계 라일락 시장을 제패했다. 그나마 남겨진 우리나라의 흔적이라곤 윌슨이 한국에서 식물을 채집할 때 통역을 맡았던 자신의 타이피스트를 위해 붙여준 '미스킴'이라는 재배명뿐이다. 상황이 이러하니 유럽의 국화 사랑이 당연히 신경 쓰인다. 매년 세계 식물 시장에서는 지금까지 보지 못했던 색상과 모양의 국화가 등장한다.

#
가장 먼저 잎을 틔우고
가장 늦은 때에 꽃을 피우는 국화.

　내가 사는 속초 집 마당엔 작고 길쭉한 화단이 있다. 그곳에 서로 다른 다섯 종의 국화꽃이 하얗고 노랗게 피었다. 매일 아침 화단을 들여다보는 기쁨은 하루가 다르게 크는 아이들을 지켜보는 감동과 비슷할 정도다. 우리에게 익숙한 시의 일부도 자연스럽게 떠오르고. '한 송이 국화꽃을 피우기 위해 봄부터 소쩍새는 그렇게 울었나 보다.' 국화가 가을에 꽃 피운다고 잎도 가을에 시작되는 것은 아니다. 국화는 어떤 식물보다 빠르게 잎을 틔우고 가지를 키운다. 시인의 문장은 단순히 시적 감수성에서 비롯되었다기보다 봄에 피어나

가을이 될 때까지 내내 기다리는 국화의 생태를 정확히 알고 쓴 게 아닐까 싶다.

이렇게 봄부터 줄기를 세우는 국화는 그냥 두면 가지만 잔뜩 늘어질 뿐 탐스러운 꽃을 피우지는 못한다. 여름에 이르면 키가 지나치게 자라기 때문에 첫 잎이 나왔던 길이 정도로 잘라서 키를 낮춰주는 관리가 필요하다.

이 국화꽃 속에 숨겨진 비밀 하나를 말하자면, 우리가 아는 국화의 꽃잎은 사실 잎이 변형된 가짜 꽃잎이다. 이렇게 가짜 꽃잎을 갖게 된 이유는 하나씩 꽃을 피우는 것보다 집약적으로 뭉쳐 있어야 곤충이 찾아왔을 때 한꺼번에 수분이 잘 이뤄지고 더 많은 씨를 확보할 수 있기 때문이다. 국화는 원예학적으로 지구상의 식물 가운데 가장 진화하여 영리한 식물 중에 하나다. 더 기특한 것은 국화는 실내에서도 아주 잘 자란다는 점이다. 이렇게 고마운 식물이 우리에게 있음을, 잃기 전에 잘 지켜야하지 않을까? 마음이 조급해진다.

가을이 되면 속초 집의 마당 일이 정신없이 바쁘다.

가을이 되어 정원이 한산해질 만도 한데 상황은 전혀 다르다. 담장에 오래전부터 심겨 있던 감나무 네 그루와 밤나무 한 그루가 연일 낙엽을 떨어뜨리고 있기 때문이다. 누군가는 '그대로 두면 화단에 쌓여 좋은 거름이 되지 않냐'고 묻지만 꼭 그렇지도 않다. 자연생태계라면 충분히 그리될 일이지만, 작은 정원에서는 낙엽이 썩으며 균의 활동이 증가돼 다른 식물들에게 좋지 않은 영향을 줄 수 있다. 그래서 낙엽을 잘 걷어 한곳으로 모은 뒤 1년 정도 삭힌 후에야 화단의 거름으로 사용하는 것이 좋다.

과학자들은 지구에서 생명체가 살아남을 수 있었던 건 미생물의 분해 작용 덕분이라고 입을 모은다. 생각해보면 생명을 가진 것이 썩을 수 있다는 건 엄청난 축복이다. 썩지 않고 분해되지 않는 것은 지구에겐 큰 재앙이다. 지구를 위해 이 엄청난 일을 하는 존재를 우리는 거의 모른다. 우리 눈에 보이지 않기 때문에 어떤 생명체가, 땅

가을, 식물의 흔적은 다시 땅으로 돌아가
이듬해 식물을 키우는 영양분이 되어준다.

밑에 얼마나 많은지 알 길이 없다.

1800년대 아일랜드는 45년간 인구가 무려 두 배 가까이 늘면서 식량이 턱없이 부족해졌다. 이에 안데스산맥이 자생지인 감자를 심기 시작했다. 아일랜드 인구의 70%가 감자 농자를 지었으니 그 당시 감자의 중요성이 얼마나 컸는지 충분히 짐작된다. 그런데 1845년부터 감자 농사에 이상이 생겼다. 그해 유난히 비가 많고 햇살을 거의 볼 수 없을 정도로 날씨가 흐려지면서 감자가 썩기 시작했다.

농부들은 이것을 날씨의 탓이라고만 생각했다. 그리고 이듬해를 기다리며 다시 감자를 심었지만, 여전히 수확에 실패했다. 이렇게 5년간 감자 농사를 실패하자 아일랜드는 전국적인 대기근 사태를 맞게된다. 이런 국가적인 재난 사태에 아일랜드인들은 이인선을 타고 미국으로 건너갔다. 그 당시 아일랜드에는 감자 괴담이 횡횡했다. '신의 저주가 감자에 내렸다. 아일랜드 날씨가 저주를 받았다' 등등. 그러나 감자 파동의 결정적인 원인은 200년이 지난 후에야 정확하게 드러났다. 날씨보다는 땅속에 사는 기생 미생물의 탓이었다. 워터골드Water mould, Phytophhora Infestans라고 불리는 일종의 균과 같은 미생물이 감자를 숙주로 삼아 영양분과 수분을 탈취했기 때문이었다.

감자만의 이야기는 아니다. 1600년대 네덜란드는 튤립 탓에 국가 경제가 몰락하는 위기를 겪게 된다. 당시 터키 인근이 자생지인 튤립이 유럽에 들어오자 네덜란드의 귀족들은 아름답고 화려한 튤립의 매력에 빠져들었다. 귀족들 사이에서 도를 넘는 사재기가 시작되었고, 희귀종 튤립 알뿌리 하나가 일반 노동자 1년 치 월급에 해당하는 고액에 거래되는 투기 현상이 일어났다. 그러던 중 1636년 튤립에 이상이 생기기 시작했다. 잎이 마르면서 꽃을 피우지 못했다. 꽃을 피우진 못한 튤립으로 인해 네덜란드는 연쇄 부도가 일어났고 결국 국가 경제 전체가 흔들리는 사태까지 맞게 된다. 오늘날

과학자들이 밝혀낸 바에 따르면 그것은 모자이크 바이러스Mosaic Virus라는 미생물 탓이었다.

그때로부터 수백 년이 흐른 지금까지도 미생물의 세계는 우리에게 거대한 과제로 남아 있다. 단순히 식물만이 아니라 그 밑에서 무슨 일이 일어나고 있는지 관심을 가지고 지켜봐야 할 이유가 바로 여기에 있다.

가을은 어느 때보다 흙의 세계를 적나라하게 볼 수 있는 시기다. 영양분이 고갈된 흙을 바꿔주는 일도 이 계절의 일이다.

가을걷이가 한창인 시골마당은 곡물과 열매를 말리는 일로 발 디딜 틈이 없을 정도다. 이 일이 얼마나 중요했으면 우리 민족은 집 안에 정원이 아니라 '마당'을 만들었을까 싶다. 그간 나는 운 좋게도 세계 여러 나라를 방문하거나 수년간 외국 생활을 하기도 했다. 그런데 외국 생활이 깊어질수록 못 견디게 그리워지는 것은 역시 한국 음식이었다. 사실 우리의 음식이 세계인의 입맛을 사로잡으며 인기를 끌고 있는 건 단순히 한류의 영향만으로 보기는 어려울 듯싶다. 우리의 요리는 세계 어느 민족보다 다양한 식재료를 사용하며 끓이고, 튀기고, 무치고, 삶는 등의 다양한 요리법을 사용해 그 풍미가 남다르다. 그리고 무엇보다 우리 요리가 맛있는 이유는 식재료인 농산물의 당도가 높기 때문이다.

언젠가 우연히 저녁 식사 자리에 동석한 요리사의 답변이 충분한 설명이 되었다.

"우리 농산물은 유난히 맛있어요. 그냥 하는 말이 아니고 같은 종을 길러도 우리 땅에서 기른 건 정말 맛이 다릅니다."

　그렇다면 우리 농산물은 왜 유난히 맛이 좋은 것일까? 식물을 키우는 입장에서 다시 해석해보면 식물을 키우는 환경인 흙과 기온, 바람, 눈, 비등의 날씨가 식물의 열매를 더 맛있게 만든다는 결론이 나온다. 그런데 이 부분에 대해서 나는 고개를 저을 수밖에 없다. 사실상 한국은 봄의 가뭄과 황사, 여름의 장마와 무더위, 가을의 태풍, 겨울 극한의 추위까지 식물을 키우기에 적합한 나라는 아니기 때문이다. 그러나 역설적이게도 바로 이런 이유 때문에 열매가 유난히 맛이 좋아지기도 한다. 식물이 극한의 날씨를 견디면서 본능적인 두려움에 자손을 번창시키는 데 최선을 다하기 때문이다. 가능한 한 많은 씨앗을 맺고 더욱 달게 열매를 만들어 새와 곤충을 잘 유혹하고자 한다.

　속초 집으로 들어서는 길이 아직 논으로 남아 있어 얼마나 다행인지 모른다. 추석이 다가올 즈음이면 이 논에서 자라는 벼가 누렇게 변한다. 가을로 접어들면서는 누런 벼가 알알이 선명해진다. 햇곡식, 햇과일이 나오는 가을 추수를 기념하는 추석 명절은 수천 년을 이어왔다. 추석에는 우리끼리 축제를 벌이자는 것이 아니고 혹독했던 시간을 잘 견디고 열매를 맺어준 식물에 감사하는 날이기도 하다. 하지만 생각해보면 식물만 사느라고 힘들었을까? 이 지구에서 함께 살아가고 있는 모든 생명체들은 스스로에게 위로와 감사를 전할 일이다.

"올 한 해도 잘 살아주어서 정말 고맙다."

\#
내가 심지는 않았지만 이 집의 역사를 함께하고 있는
감나무에 탐스러운 감이 열렸다.

누군가는 가을을 '정원의 마지막 모습'이라고도 한다.

상록수를 제외한 모든 식물이 잎을 떨구고 동면에 들어가기 때문이다. 그런데 가을이 정말 동면의 시기일까? 정원의 입장에서 가을은 어쩌면 한 생명의 탄생을 기뻐하는 온 가족의 풍경과 비슷하지 않을까 싶다. 초봄에 꽃을 피운 식물들은 여름부터 씨를 맺지만, 대부분의 식물은 가을이 돼서야 열매와 씨의 모습이 확연해진다. 찬란했던 꽃이 지고 초록으로 탱탱했던 잎마저도 누렇게 시들지만, 온 힘을 다해 만든 소중한 씨가 정원에 가득하다.

식물이 만들어낸 씨를 가만히 들여다보면 씨의 디자인 내공에 감탄이 절로 나온다. 식물은 자신의 그늘로부터 자손을 가능한 한 멀리 보내기 위해 특별한 디자인을 한다. 민들레처럼 바람에 씨를 날리는 식물은 씨에 깃털을 달고 있고, 단풍나무는 씨에 프로펠러도 만든다. 물에 의해 전달되는 씨앗은 물에 잘 뜰 수 있도록 속이 가볍고 방수 기능이 뛰어나다. 양귀비꽃은 주머니에 씨를 품고 있는데

위에 작은 입구가 있다. 줄기에 힘이 빠져 고개가 그대로 한꺼번에 쏟아지지 않고 솔솔 흩뿌려지도록 디자인된 셈이다. 저마다의 방식으로 최선을 다해 살아갈 방법을 찾은, 디자인의 진정한 승리가 아닐 수 없다.

최근 정원 디자인에서는 식물에 대한 재평가가 일고 있다. 식물의 꽃과 잎을 즐기던 차원에서 벗어나 씨를 비롯해 씨를 품고 있는 씨주머니까지 관상 요소로 본다. 연꽃만큼이나 아름다운 연 씨를 담고 있는 연밥, 장미가 진 자리에 맺혀지는 빨간 열매 로즈힙, 하얀 수염을 길게 늘어뜨린 크레마티스 씨 등. 이들은 정원에 또 다른 아름다움을 선물하기 충분하다. 여름이 지나고 급격하게 허전한 정원이라면 씨가 아름답게 맺히는 식물을 적극적으로 활용해보는 것도 좋은 방법이다.

그렇다고 모든 식물의 씨를 관상만 할 일은 아니다. 내년을 기약하기 위해 씨를 수확하는 일도 필요하다. 씨를 수확하기 가장 좋은 때는 스스로 무르익어 식물이 씨를 멀리 보내는 시기다. 이때는 잔바람에도 씨가 날리기 때문에 씨주머니가 열리기 전, 미리 따서 반그늘에 말려 씨를 받아내는 것이 좋다. 씨앗은 깨끗한 편지 봉투에 담은 뒤 반드시 식물의 이름과 수확한 날짜를 적어두자. 씨앗을 보관할 때는 햇볕이 들지 않아 서늘하지만, 얼어버릴 정도로 추운 곳은 피하자. 전통적인 주거지에서는 부엌 찬장이나 광이 제격이지만,

지금의 상황에서는 냉장고의 야채 칸과 김치냉장고도 가능하다. 서양에서는 쓰지 않는 와인 냉장고를 전용 씨 보관소로 활용하는 알뜰 주부도 많다. 베란다 화분 속의 식물도 씨를 수확한 후 마찬가지 방법으로 보관하면 된다.

앞서 언급한 영국의 정신과 의사 수 스튜어트 스미스는 정원이 주는 위안 중 가장 큰 것은 '자신이 심은 씨가 발아되어 싹이 돋는 것을 보게 되었을 때'라고 했다. 정원 속 가을은 쓸쓸하지도 외롭지도 않다. 그 안에는 새로운 탄생이 있기 때문이다.

#
정원의 즐거움 중에 가장 큰 기쁨은 겨울동안 잠들었던
식물들이 새롭게 싹을 틔울 때다. 이른 봄 싹을 낸 뒷마당의
크로코스.

정원은 인류에게 늘 불가능한 도전이었다. 하지만 정원에 대한 간절한 욕망은 끝내 기적을 만들어냈다. 지금이야 대단한 일이 아니지만, 겨울에도 열대과일을 기우고 실내에서도 식물을 키우는 일은 엄청난 일이 아닐 수 없다. 정원의 역사를 보면 유럽인들은 바나나, 파인애플, 망고, 오렌지 등의 열대과일을 알게 된 이후 유럽에서도 열대과일을 키우기 위해 피눈물 나는 노력을 했다. 그 수많은 시행 착오와 멈추지 않은 도전이 오늘날의 '온실'을 만들어낸 셈이다.

실내 정원은 1990년대 후반부터 시작되었으니 이제 막 걸음마를 뗀 셈이다. 물론 실내에서 식물을 키웠던 역사는 중국으로부터 시작된 분재로부터 따지면 꽤 오래됐다. 그러나 오늘날과 같은 형태의 실내정원 발달은 1984년에 발표된 세계보건기구WHO의 병든건물증후근Sick Building Syndrome과 미항공우주국NASA의 연구와 연관이 깊다. 새집증후군이라고도 알려진 이 현상은 실내 환경의 심각한 오염 현상을 말한다. 이는 환기 부족과 지나친 온냉방 때문이다. 연구 결과에 따르면 외부보다 실내공기가 심하게는 15배 이상 더 오염된다고 한다. 병든건물증후군이 세계인들에게 큰 충격을 준 뒤, 5년이 지나 나사에서 매우 흥미로운 연구가 발표된다. 실내 환경에서 자랄 수 있는 식물 중 오염된 실내 공기를 정화할 수 있는 식물이 보고된 것이다. 우주 정거장의 실내 공간에 몇 년간 거주해야 할 우주비행사의 건강을 위해 나사가 식물학자인 울버턴 박사Dr. B.C. Wolverton에게 의뢰한 연구 결과 덕분이었다. 그는 이 논문을 통해 오염 물질을 정화하는 데 탁월한 15종의 식물이 우주인의 실내 생활을 건강하게 지켜줄 수 있다고 보고했다. 이때를 기점으로 실내식물이 세상에 알려졌고 폭발적인 인기를 얻으면서 바야흐로 실내식물과 실내 정원의 세계가 펼쳐진다.

엄밀히 말하면 실내 생존을 위해 태어나는 식물은 없다. 다만 실내 환경을 이겨내면서 생존할 수 있는 식물이 있을 뿐이다. 그렇다면 어떤 식물이 실내에서도 생존할 수 있을까? 계절에 상관없이 20도 정도를 유지하는 실내 환경은 열대지방이 자생지인 야자수 같은 식물이 살기에 적당하다. 실내 식물로 활용이 가능한 또 다른 식물군으로는 사막과 같은 건조한 기후 속에서 자라는 선인장을 포함한 다육식물군이 있다. 건조함을 잘 견디는 다육식물군은 식물의 줄기에 물과 영양분을 지니고 있어 실내 환경을 잘 견뎌준다. 그 외에도 알뿌리 식물인 구근식물. 수선화, 튤립, 히아신스 등은 알 속에 영양

#
잉글리시 아이비는 줄기를 잘라
물속에 넣어주어도 잘 자란다.

분을 지니고 있어 장시간은 아니지만, 몇 달 정도는 실내에서도 생존이 가능하다. 안타깝게도 우리의 산과 들에서 피어나는 자생식물은 실내 환경에 적응하지 못하기 때문에 실내에서 자라기 힘들다.

모든 식물은 빛, 영양소, 물이라는 요소가 절대적으로 필요하다. 만약 이 조건이 갖춰진다면 식물의 생존은 얼마든지 가능하다. 이 요소 중 실내에서 가장 취약한 부분이 바로 빛이다. 실내는 바깥 환경에 비해 빛이 절대적으로 모자라다. 창문으로부터 1.5m 이상 멀어지면 당장 일조량이 열악해지는데 이런 환경을 이겨내기 위해 인공조명을 두어 보조적인 광을 만드는 것도 좋은 방법이다. 또한 잊지 말아야 할 실내 환경 중 하나는 환기다. 대부분의 식물은 비, 바람을 맞으며 자라기 때문에 막힌 공간에서 공기가 순환되지 않으면 생존이 힘겨워진다. 사실 식물을 키우는 일은 여간 성가신 일이 아니다. 특히 실내에서는 창문을 열어 환기시키고 물이 마르지 않게 수분을 공급하고 빛이 잘 들어올 수 있게 신경을 써야 한다. 하지만 이런 성가심이 꼭 식물만을 위해서는 아니다. 이런 노력은 우리 건강에도 필수적이다. 반려동물을 기르면서 정서적으로 도움을 받듯 식물을 키우면서 우리의 주거 환경도 더욱 건강하게 돌보는 일임을 잊지 말자.

20세기까지 갈대는 정원의 관심 대상이 아니었다. 우리나라를 비롯한 온대성 기후 지역의 산과 들에서 제멋대로 자라는 습성 탓에 잡초로 여겨질 정도였다. 그러나 이 갈대의 아름다움과 뛰어난 자생 능력에 매료된 이가 있었다. 바로 독일의 식물 재배가, 칼 포에스터Karl Foester. 그는 갈대를 '대자연 어머니의 머리카락'으로 칭했다. 평생에 걸쳐 갈대가 훌륭한 정원 식물이 될 수 있음을 알리고, 관상적으로도 아름다운 갈대 종을 만들기 위해 노력했다. 그가 개발한 갈대는 오늘날 '칼 포에스터 갈대'라는 이름으로 전 세계에서 가장 많이 유통된다.

훗날 독일에서 정원 교육을 받은 네덜란드 출신의 미엔 루이스Mien Ruys는 칼 포에스터와 에른스트 파겔스Ernst Pagels의 식물을 활용한 화단 정원을 본격적으로 디자인한다. 그의 디자인은 유럽 정원에 큰 변화를 일으킨다. 간결한 선과 기능이 살아 있는 현대적인 공간에 갈대를 비롯한 자생력 뛰어난 야생식물을 심어 이른바 '자생

식물 디자인'을 보여줬기 때문이다. 이런 미엔 루이스로부터 직접적인 영향을 받은 사람이 바로 21세기 최고의 식물 디자이너로 꼽히는 네덜란드의 피트 아우돌프Piet Oudolf다. 전 세계인들을 깜짝 놀라게 한 뉴욕의 고가철도 '하이라인'의 식물 디자인을 담당한 것도 그였다. 그는 공중의 철도길에서도 생존이 가능한 식물군을 수년간 자료 조사했다. 그 결과 대부분의 식물을 철도길에서 발아시켜 그곳을 자생 가능한 생태 공간으로 탈바꿈하는 데 성공했다.

정원의 세계는 비교적 유행을 타지 않지만, 그 안에도 트렌드는 있다. 18세기 영국에서 탄생해 자유로운 풍경 연출인 영국식 풍경정원Landscape garden이 전 유럽을 휩쓸었다. 19세기와 20세기에는 영국의 가든 디자이너 거투르드 지킬Gertrude Jekyll의 화려한 초본식물화단 정원이, 21세기는 지속가능성과 생태에 초점을 맞춘 '새로운 초본식물화단'이 대세로 자리 잡았다. 한 세기 전의 거투르드식 초본식물화단과 비교해보면 이 새로운 초본식물화단의 가장 큰 특징은 주인공이 원예품종이 아니라 갈대와 같은 자생종으로 바뀌었다는 점이다.

유행은 한때의 일시적인 현상으로 흘러가버리기도 하지만, 그 시대를 넘어 다음 세대로 이어지면 전통이 되어 살아남는다. 관상만을 목적으로 했던 정원은 이제 자생 가능한 공간으로 탈바꿈하는 중이다. 이런 경향이 어쩌면 잠시 머물렀다 사라질 수도 있지만, 삭막한

\#

가을에 이삭을 맺는 갈대는 화병에 무심하게 꽂아도
훌륭한 관상효과가 생긴다.

우리의 도시와 그 속에 살아가는 우리에게 한 숨 돌릴 수 있는 쉼의 공간이 되어 '장수'하기를 바란다.

150년 된 한옥을 나 역시도 식물이 자생을 할 수 있는 정원, 나와 더불어 자연의 생태가 공존할 수 있는 정원을 꿈꿨다. 그로부터 4년이 지난 지금의 속초 정원은 수크령, 흰줄무늬억새, 보리사초, 은사초, 줄무늬갈대가 사계절을 피고 지는 다년, 일년생의 초본식물과 함께하고 있다. 이런 모습이 어떤 이에게는 잡초랑 화초를 같이 키우는 '이상한' 정원으로 보이기도 하는 모양이다. 하지만 이곳에는 수많은 나비와 벌이 찾아오고, 밤이면 풀벌레의 집이 된다. 그뿐만 아니라 도시에서는 이미 사라져버린 청개구리가 작은 돌확 속에서 살고, 겨울이면 먹을거리를 찾아 내려오는 족제비를 만나기도 한다.

돌이켜보면 21세기 생태식물 디자인의 시작은 한 식물 재배가의 '갈대의 발견'에서 시작됐다고 해도 과언이 아니다. 이런 발견이 우리나라에서 일어나지 말란 법도 없다. 정원이 고립된 공간이 아니라 자연과의 소통을 만들어내는 공간으로 변화된다면 분명 우리의 삶에도 지금과는 사뭇 다른 행복이 찾아오지 않을까? 그래서 논두렁, 밭두렁의 식물 하나에도 자꾸 눈길이 쏠린다.

사과가 위험하다.

사과나무는 지구의 온대성 기후에 서식하는 식물이다. 올여름처럼 뜨거운 열대야가 계속된 나면 우리나라에서 사과를 키우는 일은 점점 힘들어진다. 사과의 재배지가 강원도로 올라가고 있는 것도 이 때문이다.

사과를 공부하러 일본 아오모리현으로 출장을 다녀왔다. 일본의 북해도 바로 밑에 위치한 아오모리는 요새 하는 말로 '기승전 사과'의 도시였다. 일본에 공급되는 사과의 절반 이상이 아오모리에서 수확되니 농장의 규모만 봐도 입이 딱 벌어진다. 이곳이 거대한 사과 재배지가 된 것은 화산지대의 비옥한 땅과 쓰가루 후지산의 산악 환경 때문이다. 우리가 부사로 부르는 '후지사과'도 실은 이 쓰가루 후지산에서 비롯된 이름이다.

풍성하게 열린 사과를 보고 있자니 사람의 힘으로는 어찌지 못할 자연의 산물인가 싶어 부러움이 절절했다. 그런데 그게 전부가 아니었다. 사과나무 종묘상에서 수백 종의 사과품종 설명을 들으며 감탄이 절로 나왔다. 이들은 해마다 새로운 사과 품종을 개발해 변해가는 사람들의 입맛과 기후를 잡기에 분주했다. 우리보다 위도가 높아 아직 날씨 걱정 없는 이들지만, 이미 오래전부터 온난화 증상에 대비한 품종을 개발하는 중이었다. 작년과 올해 이곳의 인기 품종은 '토키Toki'라는 노란 사과였다. 내 눈에는 노란 사과가 생경하게만 보였는데, 여기서는 없어서 못 팔 정도라고 했다.

전 세계에서 재배되는 사과 품종은 무려 7500여 종. 이중 우리에게 익숙한 품종인 홍옥, 국광, 후지도 실은 일본이 개발한 품종이다. 최근 우리나라가 자체 개발한 홍로, 감홍 등의 품종도 농가에서 많이 심고 있지만, 앞으로 달라질 기후와 입맛을 잡는 신품종의 개발이 시급하다. 우리의 기후를 이겨낼 사과, 옛 맛을 지킬 사과, 변해가는 입맛을 잡을 사과 등 꾸준한 노력이 있어야 우리의 사과가 지켜진다. 어쩌면 다음 세대에는 사과를 먹었다는 부모님을 부러워할 일이 생길지도 모를 일이다.

사과는 품종에 따라 맛이 천차만별이다. 신맛이 강했던 홍옥은 재배가 까다로워 생산량이 줄어든 탓에 그 맛을 기억하는 사람도 많지 않다. 홍옥을 대신하여 당도가 높은 부사가 등장했으나 지금은 그보다 더 단맛이 강한 토키가 맹활약을 하고 있다.

가든 디자인을 의뢰받으면 사과나무 한 그루는 꼭 심어달라는 요

\#
겨울에 사과를 산사나무에 걸어두면
배고픈 직박구리와 동박새가 찾아와준다.

청을 많이 듣는다. 유독 사과나무를 요청하는 이유는 뭐니 뭐니 해도 진짜 과일이라는 이미지가 있는 탓이다. 그러나 우리가 흔히 알고 있는 사과의 품종인 후지, 홍로, 감홍 등의 사과는 키우기가 매우힘들다. 사실 야생의 모태 사과는 카자흐스탄 산악을 자생지로 둔야생종으로, 여기에 전 세계에서 개발된 다양한 품종이 접목되면서지금의 사과나무는 꽤 많은 유전적 변이를 거쳤다. 그래서 수확이목적이 아닌 관상적으로 키울 때는 야생성이 강한 꽃사과나 서부해당화를 권한다. 사과는 해발이 다소 높은 산악 지대가 자생지라 영하 20도 이하의 추위에도 끄떡없고 거센 바람에도 잘 견딘다. 땅은

물 빠짐이 좋아야 한다. 꽃사과는 분재용으로 사용될 정도로 작은 화분 속에서도 잘 성장하니 아파트 베란다에서도 도전해볼 만하다.

지금, 여기서 천천히

자기만의 방식으로 살아가는 식물의 삶

나를 꼭 만나고 싶다고 한 여성이 사무실로 찾아왔다.

12월 초였다. 현관문으로 들어오는 그녀를 처음 봤을 때 그녀는 꼭 그 계절의 모습을 하고 있었다. 아직 눈도 찾지 않아 앙상한 12월 초의 정원 같은 그녀가 성큼성큼 사무실로 들어섰다. 내 얼굴을 제대로 보지도 않고, 들고 온 검은 봉지만 뒤적거리며 중얼거렸다. 군고구마를 사 왔는데 드시겠느냐는 말이었던 듯싶다. 그녀는 별 다른 말도 없이 사무실 주변만 두리번거렸다. '참 이상한 사람일세.' 첫인상이 그랬다.

잠시 후, 그녀는 이것저것 내 일에 대해 묻기 시작했다. 질문이 정확지 않고 겉돌았다. 몇 분 지나지 않아 신기하게 그녀의 눈 속에서 마음이 읽혔다. '아, 이 사람 나한테 뭘 묻는 게 아니구나.' 나이가 서른셋이라고 했다. 나도 그 나이를 지나왔다. 나의 30대는 더 없이 마음이 들끓었다. 아직도 풀 죽지 않은 욕망이, 그 욕망만큼 나를 자꾸 넘어뜨리는 좌절이 하루에도 수없이 나를 일으켰다가 자빠뜨렸다.

밤이 오면 레슬링 연습이라도 하고 온 사람처럼 축축 늘어져 손 하나 까딱하기 힘들었다. 그래서 늘 편두통을 달고 살았는지도 모른다.

'나도 저런 얼굴이었겠구나.'

순간 그 시절의 내가 가엽고, 지금의 그녀가 안타까워 눈물이 났다. 결혼하려던 사람과 이별한 지 얼마 안 됐고, 자신이 책임져야 할 어머니가 계신다고 했다. 지금도 여전히 먹고살 길을 걱정하고 있었다. 하지만 취업의 망막함보다 더 깊은 곳에서 '어떻게 살아야 하나' 질문하고 있었다. 그녀는 천천히 마음속 말들을 나에게 건넸다. 그녀의 마음을 어루만시며 한 시간 남짓 이야기를 나누었다. 그녀는 자신의 마음을 어떻게 그리 잘 아시냐며 눈물을 흘렸다.

그녀가 돌아간 다음에도 나는 한동안 나의 30대에 머물러 있었다. 나의 30대는 가장 기쁜 선물과 가장 슬픈 선물을 동시에 받았던 때였다. 가장 넘치는 열정과 가장 초라한 좌절이 함께했다.

어느덧 내 나이도 쉰 살이 넘었다. 지금의 나는 크게 달라진 게 없어 보인다. 여전히 삶이 힘겹고 혼자 복닥거린다. 좌절이 열정을 붙잡고, 간신히 붙잡은 듯한 열정은 다시 손가락 사이로 쉬이 빠져나간다. 그러고 산다.

그래도 한 가지는 달라졌다. 같은 상황에서도 흔들림이 적어졌다.

아름드리 큰 나무는 시간의 흐름을 자기 몸에 담는다. 바람이 부는 날, 고목에도 분명 바람이 인다. 그런데 어린 나무보다는 흔들림이 적다. 설령 가지가 부러져도 바람을 맞으며 버텨준다. 해마다 조금 더 깊게 뿌리를 내리고 더 가지를 키우고, 세월의 깊이를 몸에 담았기 때문이다. 우리도 고목처럼 조금씩 깊어지고 있는 것이 아닐까. 지금의 그녀는 바람에 부대끼며 힘겨워하고 있지만, 조금씩 버티는 힘을 키워 깊어질 것이라 믿는다. 지금의 내가 조금씩 버티는 힘을 얻어가듯이…….

#
무리 지어 서로 의지하며 살아가는 자작나무 군락.

고사리순이 땅 위로 올라서는 모습을 본 적 있는지. 마치 주먹을 꼭 쥔 것처럼 돌돌 말려 있다. 시간이 지나면 말려 있던 잎을 서서히 펼쳐 기다란 고사리 잎을 만든다. 생명의 '진화'를 의미하는 영어의 'evolution'은 라틴어로 '말린 것을 편다'는 뜻이다. 이 말은 훗날 찰스 다윈이 《종의 기원》에서 다시 사용함으로써 '생명이 점진적으로 변해가는 현상'을 뜻하는 과학 용어로 굳어진다. 변해가는 현상은 나쁜 쪽이 아니라 좀 더 나아지는 쪽을 의미한다. 사실 지구상에 사는 모든 생명체는 좀 더 강해지고, 오래 살기 위해 몸부림친다. 그러니 생태계의 가장 꼭대기에 있는 우리 인간의 노력은 말할 필요도 없다. 그런데 진화가 정말 생명체에게 좋은 일이었을까?

공룡이 살았던 시절, 우리는 기억조차 할 수 없고 왜 그들이 감쪽같이 사라졌는지 이유도 알 수 없는 그때, 지구에 살았던 식물이 있다. 여러 차례에 걸친 빙하기에 공룡은 물론이고 모든 식물까지 꽁꽁 얼어버렸다. 하지만 이 식물은 빙하기도 이겨내고 생명을 지속했다. 그런가 하면 1945년 8월 6일, 일본 히로시마에 원자폭탄이 떨어졌다. 폭탄이 떨어진 주변 수 킬로미터는 그야말로 살아남은 생명체가 거의 없을 정도였다. 그런데 폭탄이 떨어진 중심부에 여섯 그루의 나무가 건재하게 살아남았고 지금도 잘 자라고 있다. 대체 이 식물은 무엇일까? 바로 은행나무, 학명으로는 'Ginkgo biloba'다.

은행나무의 신비는 지금까지도 풀리지 않았다. 은행나무는 산화력이 강해서 온갖 종류의 박테리아, 바이러스, 벌레들도 뚫지 못하고 인간이 일으키는 공해에도 끄떡없다. 이 엄청난 생명력은 대체 어디서 나오는 걸까? 일부 학자들은 진화를 거부한 은행나무의 독특한 '느림'에서 그 이유를 찾기도 한다. 은행나무는 자신들이 번성했던 쥐라기 때와 비교해 거의 변화가 없다. 성장의 속도도 얼마나 느린지, 중국의 황제는 자신이 심은 은행나무에서 딴 은행을 먹어보겠다고 평생을 기다렸다는 이야기도 전해진다. 과학적으로는 아이러니하지만, 변화에 둔감한 은행나무가 지구상의 그 어떤 생명체보다 튼튼하고 오래 잘 살고 있다. 급변하는 환경에 맞춰 변화하려고 애쓰지 않고, 굳건하게 자신의 삶을 이어왔다. 진화에 대한 거부가 오히려 '진화'를 이룬 셈이다.

어떻게 살아야 잘 사는 것일까? 나 역시 잘 '진화'하여 좀 더 튼튼하고 오래 살고 싶다. 그런데 은행나무를 보면 진화의 답이 환경에 재빠

르게 적응하고 숨 가쁘게 변화하는 것에만 있지는 않을 듯하다. 급변

하는 사회에 적응 못 하는 나를 '느림'으로 위로하는 뜨거운 여름이다.

오랜만에 짬을 내 화단 정리를 하다 깜짝 놀랐다. 빨리 자라는 풀들에 묻혀 보이지 않았던 작은 나무가 눈에 들어왔기 때문이었다. 작년 가을에 심어 둔 노각나무였다. 풀에 치이면서도 굳건하게 자라 주는 게 고마웠다.

문득 작은 아이가 떠올랐다. 어릴 때부터 뭐든 늦어 말도 다섯 살 무렵에야 트였던 아이. 대학생이 된 지금도 뭐 하나를 습득하려면 남들보다 시간이 더 걸려 속이 상한 모양이었다. 일하다 말고 잠시 전화를 걸어 노각나무 이야기를 했다. 풀처럼 쑥쑥 크는 애도 있지만, 나무처럼 시간이 더디 걸리는 재목도 있으니 너무 조급해하지 말라고 위로했다.

정원을 돌보다 보면 깨닫는 진실 하나가 있다. 인간은 누구나 거역할 수 없는 시간이라는 '필터'로 자기 삶을 통과한다. 태어나 어린 시절을 보내면 청춘이 찾아오고, 이 눈부시고 아픈 시기를 지나야 장년기가 온다. 정신없이 장년의 시간을 보내면 노년이 찾아온다. 요즘 같아선 판타지 드라마와 공상과학영화를 통해 시간도 서슴없이 되돌리지만, 지구상에 시간을 되돌려 살아갈 수 있는 생명체는 없다.

　요즘 인터넷을 보다 보면 젊었을 때보다 더 맑고 투명한 피부를 가진 연예인의 얼굴을 칭찬하는 일이 정말 많다. 이런 뉴스에 익숙해지다 보면 문득 거울 속에서 만나게 되는 내 모습에 실망이 아닌 실망도 하게 된다. 그런데 여기서 잠시 생각을 좀 해보자. 내가 사는 속초의 설악산에는 아름드리나무가 많다. 이들은 수십 년 혹은 수백 년을 살아왔다. 우거진 나무숲을 걷나 보면 자연스럽게 마음 깊은 곳에서 '오래됨'에 대한 존경심이 생긴다.

　단지 나무의 수형이 멋있어서가 아니라 수백 년의 세월을 묵묵히 이겨내고 살아가는 생명에 대한 존경심 때문이다. 만약 나무들이 더 이상 성장하길 멈추고, 매끄럽고 탄력 있는 껍질을 유지하고자 했다면 어땠을까. 오래된 나무가 주는 멋과 아름다움은 이미 사라졌을 것이다. 오래된 나무는 그 껍질과 나뭇가지에 수많은 상처와 주름을 지니고 있다. 그게 살아온 흔적이고 멋진 훈장이다.

　영국인들은 안티 에이징anti-aging이라는 말보다는 웰 에이징 well-aging이라는 말을 더 많이 쓴다. 얼굴의 주름을 펴고, 늘어진 피부를 당긴다고 해서 우리의 젊음이 돌아오지는 않는다. 늙은 나무가 우리에게 더 멋진 것은 그 세월의 흔적을 끌어안고 그래도 열심히 살아가고 있기 때문이다.

"올해는 왜 이렇게 유난히 덥고 힘든지 모르겠네요."

전시에 쓸 귤나무를 보기 위해 남도 지방의 농장을 찾았다. 의례적인 내 날씨 인사말에 농장 주인의 답이 의외였다.

"어디 올해만 그런가요? 작년에도 그랬고, 그전에도 그랬고. 여름은 덥고 겨울은 춥고 그런 거죠, 뭐."

그러고 보니 영국의 스타 정원사 중 한 명인 앨런 티치마시Alan Fred Titchmarsh도 잡지 칼럼에서 이렇게 말했다.

"한 해 두 해 나이 들어갈수록 날씨를 탓하는 일이 적어진다."

날씨 탓을 해봐야 소용없다는 것이다. 힘들고 가혹하다 해도 이도 지나가면 다시 못 올 소중한 시간이다.

인간의 평균 수명을 80세라고 치면 그때까지 탈 없이 산다고 해도, 살아갈 날이 살아온 날보다 적게 남았다. 살아온 시간이 길어질수록 긴 그림자를 끌어안고 사는 사람처럼 발걸음이 무겁게 느껴지는 걸 어쩔 수 없다. 나이 듦의 서글픔이 어디 마음에만 있을까. 매일 아침, 거울 속의 나를 보며 탄력을 잃어가는 피부와 늘어가는 눈가의 잔주름에 '이제 나도 초라해지는구나' 하고 피식 쓴웃음이 나온다. 그런데 정말 나이 들어감이 나를 기운 빠지게 하고, 초라하게만 하는 것일까?

방송 일을 그만두고 영국으로 가든 디자인을 배우겠다고 떠났을 때를 지금도 종종 생각해보곤 한다. 한국을 등지고 떠났던 이유에는 여러 가지가 있겠지만, 점점 또렷해지고 있는 생각 하나는 초라하게 늙고 싶지 않다는 마음이었다. 오래된 정원이 나에게 알 수 없는 위안과 힘을 주었듯이 내 삶의 끝자락이 너무 초라하고 힘들지는 않았으면 좋겠다는 것. 그리고 그게 정원에서라면 충분히 가능할 것 같았다.

2013년 5월. 영국의 첼시 플라워쇼 기간 내내 날씨가 15도를 맴돌 정도로 몹시 추웠다. 오락가락하는 날씨에 대비를 했건만, 그래도 생각보다 너무 추워서 가져간 옷을 다 껴입어도 모자랄 지경이었다. 첼시 플라워쇼만큼은 그네들 하는 것처럼 나도 가장 아끼는 아름답고 우아한 옷을 입고 정원 쇼를 맘껏 즐기고 싶었다. 하지만 추운 날씨에 멋진 패션은 물 건너가 버렸고 추위에 떠느라 정신이 없었다. 그런데 쇼 장 안의 레스토랑에서 한 모녀를 만났다. 딸의 나이가 30대는 족히 돼 보이는 것으로 보아 엄마의 나이는 분명

예순 즈음이었다. 얼굴에 주름이 가득한데, 그 주름 골이 참 고왔다. 프렌치 코트에 스카프를 두르고, 단발로 자른 흰머리가 찰랑거렸다. 옆 사람의 옆구리를 찌르며 나도 모르게 '저 할머니 너무 예쁘지 않아?'를 연발했다. 피부과를 수시로 드나들어 점과 기미를 빼고, 보톡스를 맞아 주름을 없앴다면 저 여인이 저렇게 아름다울 수 있었을까 싶었다. 눈치도 없이 무슨 이야기를 하나 궁금해서 엿들으니 대부분 오늘 본 정원쇼에 출품된 작품 이야기, 희귀 식물 이야기들이다.

먹고살기도 힘든데 정원은 무슨 정원이냐고, 하면 그 말도 맞다. 그런데 정말 우리가 먹고살기 힘들어 정원을 못 하고 있는지 한 번쯤 생각해볼 일이다. 내가 본 동유럽의 주부들은, 고등어 한 마리를 사면서도 식탁에 놓을 꽃다발을 잊지 않는다.

정원을 만들고 식물을 가꿔야만 반드시 잘 사는 것이라고 말할 수는 없다. 하지만 적어도 정원을 가꾸고 식물을 들여다보며 행복해할 수 있는 사람이라면 시간의 굴곡 앞에서도 좀 더 당당하고 아름답게 살아갈 것이라고 굳게 믿는다. 나 역시 아직도 정원 만들 땅이 없어 공중에 매달려 살고 있지만, 계속 꿈을 꾼다. 식물과 곤충 그리고 자연 속에서 자연스럽게 나이 들어가는, 초라하지 않을 행복한 나의 모습을.

봄은 늘 부드러운 촉감으로 기억되는 계절이다.

잎, 줄기, 꽃 모든 것이 만지기도 겁날 만큼 부드럽다. 험한 가시로 유명한 장미의 줄기조차 새봄에는 디힐 나위 없이 밀링거리니 신기할 뿐이다. 봄에는 촉감만 부드러운 것이 아니라 색상도 부드럽다. 선명한 연초록을 띠는 잎은 만지지 않아도 물기를 가득 머금은 촉촉함이 느껴진다.

봄이 이렇게 부드러운 것은 성장을 위해서다. 멈추지 않고 더 자라기 위해서 식물은 부드러움을 유지한다. 이 부드러움 속에 성장을 받아들이는 유연함이 숨어 있다. 죽은 나무를 판단하는 가장 좋은 방법은 가지를 부러뜨려보는 것이다. 생명이 있다면 부드럽게 휘어지지만, 죽었거나 병들었다면 딱딱하게 부러진다.

우리 몸도 다르지 않다. 젊은 날의 몸은 부드럽지만, 나이가 들수록 딱딱해진다. 그러다 완전히 굳어지면 우리의 생도 다하게 된다. 사실 식물이나 동물이나 모든 생명체가 거치는 이 노화의 길은 막을 길이 없다.

하지만 수백 년을 사는 오래된 고목은 단단하게 굳어진 기둥 덕에 장수한다고 한다. 중력을 이겨내고 단단히 뿌리를 박을 수 있는 것도 이 딱딱함 때문이다. 단단한 기둥은 속 안의 부드러움을 보호하는 장치이기도 하다. 성장을 위해 딱딱한 보호막을 이용할 줄 아는 식물들이다.

물론 오래 살아 있는 나무와 고사목은 다르다. 겉으로 둘 다 딱딱하더라도 살아 있는 나무는 그 안에 여전히 부드러움을 지니고 있다. 모든 생명체는 유한의 삶 속에서 필연적으로 늙고 죽는다. 이렇게 정해진 과정에서도 분명 사람마다 시간의 질과 삶의 모습은 천차만별로 다를 것이다.

책상 옆에 활짝 열어둔 창문으로 시원한 바람이 들어온다. 뭉텅이로 쏟아진 바람이 나의 어떤 감각을 깨워놓은 듯, 말로 설명하기 힘든 평온함이 번진다. 시, 바람이 네게 무엇인지를 안 게 틀림없다!

가끔 우리는 인간만이 말하고 듣고 생각한다고 착각한다. 하지만 사계절 집 앞에 서 있는 밤나무가 흔들리는 가지와 잎으로 어쩌면 내게 이걸 좀 알아야 한다고 말하고 있었는지도 모른다. 세상은 우리가 보고 듣는 것만이 전부가 아닌데 눈과 귀에 갇혀서 우리는 마음을 더는 열려고 하지 않는다.

식물도 분명 보고, 느끼고, 생각한다. 큰 나무 옆에서 자라야 하는 어린나무는 햇볕을 받아들이기 위해 똑바로 자라지 않고 가지를 구부리고 꺾는다. 상추는 자신에게 달라붙는 진드기를 떼어내기 위해 진드기가 싫어하는 독을 만들고, 겨울이 매서운 북반구에 사는 전나무는 바람의 속도를 파악해 가지가 얼마나 두툼해야 쓰러지지 않고 자랄 수 있는지를 계산한다. 매화나무는 언제 꽃을 피워야 열

속초 앞마당, 가을을 노랗게 문들이는 헬리안투스 '골든피라밋'

매를 맺을 수 있는지 알고, 사막에 사는 식물은 뜨거운 햇빛을 견디려 잎이 얼마나 가죽처럼 두꺼워져야 하는지를 정확히 알고 있다. 이런 식물이 우리보다 동물보다 덜 발달되었다고 말할 수는 없다.

식물은 움직이지 않는다. 움직이지 않고 그 자리에서 적응하기 위해 자신을 변화시킨다. 날씨가 변하면 날씨에 맞게, 병충해가 찾아오면 그 병충해를 이기기 위해, 그늘이 지면 그늘진 상황을 이겨내기 위해 식물은 동물처럼 자신에게 맞는 환경을 찾아 떠다니는 것이 아니라 스스로를 변화시키고 그 자리에서 적응하려 애쓴다.

요즘 풀어야 할 문제가 풀리지 않아 머릿속이 계속 웅성거린다. 맘이 이러니 늘 찾아오던 장마도, 무더위도, 징그럽게 뚜렷한 사계절도 다 힘겹고 짜증스러울 수밖에 없다. 그런데 밤나무 잎을 스치고 온 바람이 내 얼굴과 팔뚝을 스칠 때 문득 늘 거기 그 자리에 서서 책상에 앉아 있던 나를 봐왔을 밤나무가 보였다. 왜 저 밤나무는 움직이는 삶을 선택하지 않았을까 궁금해진다. 환경을 바꾸는 것보다 자신을 바꾸는 삶을 선택한 셈이다.

세상이 왜 나한테만 이렇게 불공평한 것인지, 왜 나에게 이렇게 억울한 일이 생긴 건지, 난 성실했건만 결과는 왜 이러한지……. 세상이 날 못살게 구는 일 투성이다. 그런데 정말 그런가? 세상이 날 위해 변해주지도, 날 위해 공평하지도 않는 걸 진즉에 알지 않았던가. 불공평한 세상일지라도 우리는 이곳에 어떻게든 단단하게 뿌리를 내리고 살아가야 한다. 그리고 이렇게 살아남았으니 정말 고마운 일이다. 사실 식물은 그 자리에서 그대로 밀려오는 변화를 수동적으로 받아들이는 것은 아니다. 잘 살아남은 식물은 흙을 바꾸고 그늘을 만들고 바람을 막고 결국 자신의 환경을 변화시킨다.

식물이, 바람이, 구름이 우리에게 말을 걸고 있는데 그 소통 능력을 잃은 우리는 그 소리를 듣지 못한다. 들썩거리는 마음을 가라앉히고 가만히 자연이, 식물이 말하는 소리에 귀를 기울여본다.

2008년, 영국 큐가든에서 일할 때의 일이었다. 자갈 정원에 심은 로즈메리에 딱정벌레가 수도 없이 들러붙어 있었다. 줄기에 붙어서 수액을 빨아먹는 중이었다. 이대로 두면 로즈메리는 점점 시들고 쇠약해지다 죽을 게 분명했다. 왜 이렇게 로즈메리에만 벌레가 가득할까? 그곳 정원사의 대답은 이랬다.

"원래 지중해가 자생지인 로즈메리는 햇빛 많고 물도 잘 빠지고 건조한 곳을 좋아해. 그런데 영국은 흐리고 습한 데다 이곳이 나무 그늘 밑이라 햇볕도 부족하니 식물이 쇠약해지고 벌레들의 공격에도 못 당해내는 거지."

식물의 삶과 죽음은 환경과 밀접한 관계가 있다. 식물을 잘 키우는 포인트는 식물이 좋아하는 환경을 만드는 데 있다. 예를 들어 큰 나무 밑, 축축하고 그늘진 장소는 수선화에 최상의 조건이다. 그러나 같은 구근식물이라고 해도 중앙아시아 터키 인근이 자생지인 튤립은 땡볕과 건조한 날씨 속에서 잘 자란다. 식물이 환경과 잘 맞을 때는 기후가 열악해지고 병원균이 찾아든다고 해도 잘 이겨낼 수 있다. 그러나 맞지 않는 환경에서 자라는 식물은 시간이 흐를수록 면역성이 약해져 흔하게 찾아오는 균과 박테리아의 공격에도 맥없이 무너져 결국 생명을 잃는다.

우리의 삶도 마찬가지다. 우리에게도 식물만큼이나 우리가 좋아하는 환경이 있다. 몇 년 전 남편과 함께 그의 고향인 구미의 어느 곳을 지나다 오래된 마을을 발견했다.

"저 마을 너무 좋아 보인다. 저런 곳에 집 짓고 살면 좋겠네."

"아이고, 보는 눈은 있어 가지고. 서기가 안 그래도 냉냉이라고 자손들이 다 잘되는 마을로 유명해."

정원을 하면서 풍수지리를 당연히 안 보려야 안 볼 수가 없다. 풍수는 바람과 물의 길을 짐작하는 일이다. 바람이 덜하고, 물이 거세지 않은 곳에 집 자리를 얹는 일이기도 하다. 단순히 직관력으로 땅을 점지하는 작업이 아니라 사람이 잘 살 수 있는 환경을 과학적으로 고르는 일인 셈이다. 깎아지르는 절벽 위에 우뚝 서 있는 하얀 집은 등대가 설 자리지 사람이 살 환경은 아니다. 탁 트인 전망이야 더할 나위 없지만, 거센 바닷바람과 뜨거운 햇살을 견디며 살기엔 너무 힘들기 때문이다.

내가 사는 집이 왠지 포근하지 않고 맘 편하지 않다면 내가 사는 환경이 나에게 맞는 곳인지 한 번쯤 고려해볼 일이다. 그곳의 환경이 나와 맞지 않으면 당연히 몸이 힘들어진다. 몸이 힘들면 작은 감기 하나도 이겨낼 힘을 잃고 점점 쇠약해질 수밖에 없다.

#
수크령 억새와 칸나의 어울림.
태생은 다르지만 이웃하여 아름답게 자란다.

한 의사 선생님을 만났다. 내과의사로 명성을 날리는 그분이 이런 질문을 하셨다.

"왜 의약 성분 대부분이 식물에서 추출되는지 아십니까? 동물한테서 추출했다는 의약품 거의 못 들어보셨잖아요."

그렇다. 대부분의 의약품은 그 성분을 식물에서 뽑아낸다. 아스피린이 버드나무의 껍질 부분의 수액에서 원료를 찾고 특정 식물의 뿌리와 잎에서 해열제와 기침 완화제의 원료를 찾는다. 가장 강력한 진통제로 알려져 있는 모르핀이 양귀비꽃에서 추출된다는 것은 잘 알려진 사실이다. 우리가 사용하고 있는 의약품 가운데 25%가 식물로부터 원료를 가져오고 영어로 'Herbal Remedy'라고 부르는 한의학은 그야말로 식물 치료법이라고 할 수 있다. 이처럼 식물은 보기와는 다르게 매우 강력한 성분의 화학물이다.

의사 선생님의 말이 이어졌다.

"식물은 움직일 수가 없잖습니까? 움직일 수 없는데 동물들이 공격을 해오고 병원균이 들어오고 눈비도 죄다 맞아야 하고. 동물들이야 위험하다 싶으면 도망가면 그만이지만 식물들은 그냥 죽을 수도 없고 어떻게 해야겠습니까? 살기 위해 몸 안에 치료제도 만들고 독도 만들고 이럽니다. 이걸로 자기방어를 하는 겁니다."

식물은 병원균에 감염되거나 곤충으로부터 심각한 공격으로 받으면 화학 가스를 만들어 분출한다. 이 가스는 옆 가지 혹은 옆 나무로 전달되는데 이때 가스를 맡은 식물은 자신의 몸을 화학적으로 변화시켜 병원균을 아예 방제하거나 혹은 곤충에게 치명적인 독을 만든다. 그뿐만이 아니다. 똑똑한 식물은 자신의 씨앗을 지키기 위해 잎과 씨에 동물과 곤충에게 치명적인 독을 함유하기도 한다.

남해에 지인이 만드는 정원이 있어 종종 시간이 날 때마다 찾곤한다. 지난 5년간 그곳에 정원을 만들겠다고 가족과 떨어서 혼자 사는 독한(?) 사람이다. 그곳으로 가려면 남해 섬으로 들어서 구불거리는 바닷가 길을 한참이나 가야한다. 바닷가 마을들은 크지가 않다. 대부분 20~30가구가 옹기종기 모여 있다. 마을이 위치한 곳은 탁 트인 바다 전망을 보는 곳이 아니라 살짝 언덕에 가려지고 숨겨진 곳이다. 이렇게 형성된 마을은 그 연대를 가늠하기 힘들 정도로 역사가 깊다. 수백 년 전부터 그렇게 살아왔던 터인 셈이다.

바로 이런 곳에는 여기서 나고 자라 한 번도 고향을 떠나본 적이 없는 이들이 있다. 나는 가끔 이런 사람들에게서 식물의 향기를 맡

\#
정원에 스스로 찾아와주는 동물들.
식물은 자연스럽게 이웃할 수 있는 동물을 불러들인다.

곤 한다. 나와 같이 주거지를 거의 2년 간격으로 바꾸는 동물적 삶을 사는 사람과는 다른 향기다. 그들의 몸 안에는 뜨거운 햇볕을 견디고 세찬 바람 속에서도 건강하게 살아가는 방법이 축적돼 있는 듯 보인다. 어떻게 먹고, 어떻게 살아야 잘 사는 것인지도. 마치 붙박이로 사는 듯 보이지만, 식물처럼 자신의 몸을 환경에 맞게 변화시킨 모습들이다.

한 달 넘게 식물 그리는 일에 몰두 하는 중이다.

식물을 특징적으로 가장 잘 표현할 수 있는 부분은 역시 꽃이다. 식물학명의 체계를 마련한 스웨덴 의사 겸 식물학사 린네도 꽃을 분석하면서 식물의 분류 방법을 세웠다. 식물은 꽃과 열매를 맺는 데 한 해 써야 할 에너지의 70% 이상을 쏟는다. 꽃을 통해 자손인 씨를 만들어내기 때문이다. 꽃을 세밀하게 관찰하다 보면 식물의 숨겨진 생존 전략이 드러난다.

국화, 해바라기, 코스모스 꽃의 공통점은 가운데 원 안에 아주 작은 꽃들이 소용돌이 모양으로 촘촘히 들어차 있다는 점이다. 실질적인 꽃은 수십, 수백 개의 작은 암술과 수술이 들어 서 있는 가운데 부분이다. 겉에 크고 화려한 색으로 감싸고 있는 꽃잎은 곤충들에게 꽃이 여기에 있다는 걸 알리는 일종의 '알림판'이다.

국화, 해바라기, 코스모스가 다른 꽃들에 비해 오랫동안 꽃을 피울 수 있는 이유는 '선택과 집중' 전략 때문이다. 꽃을 하나하나 피우는 것보다는 한데 모여 힘을 분산시키지 않고 훨씬 더 많은 씨를 생산하도록 디자인되어 있다.

튤립, 수선화, 크로커스 등의 알뿌리 식물에는 다른 전략이 숨어 있다. 곤충의 수가 많지 않은 초봄에 활동하기 때문에 많은 씨를 만들지 않고 하나의 씨를 알차고 건강하게 만드는 데 집중한다. 화려하고 눈에 띄는 꽃을 만들기 위해 모든 에너지를 쏟아붓는다. 하나의 꽃대가 올라와 하나의 꽃을 피우는 이유도 여기에 있다. 대신 땅속에 두툼한 알뿌리를 만들어 어떤 상황이 와도 꽃을 피울 수 있는 만반의 준비를 한다.

최근 실내식물로서 인기 있는 틸란시아라는 종은 뿌리를 발달시키지 않고, 대신 잎을 겹겹이 장미꽃 모양으로 만들었다. 덩치도 크지 않고 가벼워서 다른 나무의 가지에 매달려서도 잘 자란다. 이 종 중에 하나인 '스페인 모스'는 아예 잎이 머리카락처럼 생겼다. 바람이 불면 날리다 다른 나무에 걸리면 거기서 성장을 지속한다. 이들의 생존 전략은 뿌리로 물과 영양분 얻기를 포기한 데 있다. 뿌리를 포기하면서 위로 성장할 수 있는 기회는 사라졌지만, 대신 어디에서라도 생존이 가능한 이동성을 얻은 셈이다.

최근 실내 정원 장식에 큰 인기를 얻고 있는 틸란시아의 재배 환경을 보면 이들의 생존 전략이 제대로 먹힌 셈이다. 식물이든 동물이든 지구상에 사는 생명체는 저마다의 생존 전략을 세운다. 이 생

남편이 만든 나무 용기에 키우는 틸란시아.
뿌리가 퇴화된 틸란시아는 용기에 담아
집 안 곳곳에서 키우는 것이 가능하다.

존 전략이 잘못되면 어떤 일이 일어나는지는 수십억 년 역사를 통해 이미 밝혀졌다. 바로 멸종이다. 과학적으로 어느 시점에서인가 후손을 지켜줄 진화를 이뤄내지 못했기에 멸종된 셈이다. 그런 의미에서 최근 전 세계적으로 많은 과학자들의 의문과 걱정이 깊다. 이 시대에 가장 압도적인 생명체로 사는 호모 사피엔스가 과연 앞으로도 삶을 지속해서 지켜낼 수 있을까. 그 어떤 과학자도 여기에 확신하지 못하고 있다. 오히려 불안과 위험의 경고 메시지는 더욱 커지는 중이다. 멸종을 막기 위해선 끊임없는 노력과 진화가 필요하고 인간 역시도 예외일 수 없다.

요즘 정원 강의를 하다 보면 정원조차 없는 도시인들의 참석이 두드러진다. 그건 도시 생활에 갇힌 마음이 자꾸 자연을 부르기 때문일 것이다. 삶의 전략은 본능이다. 우리 마음이 자연이나 정원을 가까이 두라고 말한다면 거기에 답이 있다고 믿어도 되지 않을까. 아직은 모를 일이지만, 혹시 우리에게 닥칠지도 모르는 위험을 막아낼 삶의 전략이 여기에 숨어 있을지 모른다. 지금의 생활이 뭔가 이상하고, 이건 아니라는 생각이 든다면 내 마음에 물어보자. 우리 삶의 전략이 잘 세워진 것인지를……

온종일 200여 개의 튤립 알뿌리를 심는다고 몸을 쭈그렸더니 결국 목에 탈이 났다. 하지만 11월이 가기 전 해야 할 일이었다. 사실 알뿌리를 심는 것만이 진~~부는~~ 아니었다. 알뿌리를 심기 전 화단을 깨끗하게 하는 일이 더 큰일이었다. 수북한 낙엽을 치우고 남아 있는 누런 줄기를 자르다 보니, 식물들이 사느라고 얼마나 고생을 했을지 보였다. 떨어진 잎은 어느 한 구석 성한 데가 없이 만신창이었다. 그런데 그 옆으로는 아직도 꽃을 피우고 있는 국화가 있었다. 새벽에는 영하로 내려가는데도 안간힘을 다 하는 중이었다.

지구상의 모든 생명체는 저마다 생존을 위한 무기가 있다. 과학자들이 말하는 인간의 특별한 무기는 바로 뇌이다. 지구상의 헤아릴 수도 없이 많은 생명체 중에 뇌를 가진 생명체는 그리 많지 않으며, 게다가 우리처럼 이렇게 크고 복잡한 뇌를 가진 경우는 없다. 인간은 뇌를 이용해 수천 년간 생존에 필요한 '지식'을 쌓고 다음 세대로 전수했다. 각종 지식과 정보의 학습은 인간의 가장 큰 무기가 되었다. 그렇게 호모 사피엔스는 지구 최강의 생명체가 된 셈이다. 어쩌면 자녀 교육에 대한 우리의 끈질긴 집착도 생존에 대한 본능적인 욕구라는 점에서 충분히 이해된다.

그런데 우리는 여기서 함정에 빠지고 만다. 근본적으로 지금 우리가 하는 공부의 형태와 내용은 100년 전과는 사뭇 다르다. 역사적으로만이 아니라 다른 나라의 공부를 들여다봐도 마찬가지다. 내가 경험한 영국에서의 교육은 한국과 그 방식이 매우 달랐다. 해야 할 과목부터 학습 방법, 그리고 결과에 대한 평가의 잣대까지. 우리나라에서는 꼴찌를 하던 아이들이 다른 나라에서 두각을 나타낸다는 뉴스를 가끔 접한다. 이게 가능한 것은 아이가 갑자기 달라진 것이 아니라 배움의 과목과 방법, 평가가 다르기 때문이다.

결론적으로 지금 우리의 공부법이 절대적이지 않다는 것이다. 우리는 효율적인 학습을 위해 해야 할 공부의 과목을 정하고 적당한 방식을 제시하고 그 결과에 대해 평가하는 방법을 세밀하게 연구해왔다. 하지만 이 세부적인 노력이 오히려 우리의 발목을 잡는다. 모든 식물이 똑같은 모양과 향을 지닐 필요도, 모두 봄과 여름에 꽃을 피울 필요도 없는 것처럼 각자에게 맞는 공부와 방법이 있기 때문이다.

국화가 위험한 계절인 가을에 굳이 꽃을 피우는 이유는 그게 자신의 생존에 유리하기 때문이다. 우리의 학습도 '건강한 생존'에 도움이 되어야만 한다. 이로 인해 고통받고 불행해진다면 뭔가 잘못된

채소밭의 해충을 막아주는 카렌듈라(금잔
화). 정원은 식물과 자연을 이해하기 위해
끊임없이 공부해야 할 곳이다.

것이다.

산을 오르는 데만 급급하다 보면 어떤 산을 오르는지 잊을 때가
있다. 잠시 멈춰야 풍경이 보이고, 지도를 다시 한번 봐야 내 위치가
나타난다. 잘못 가고 있다면 방향도 바꿔야 한다. 우리가 맹목적으
로 믿고 있는 '공부를 잘해야 한다'는 인식도 한 번쯤 깊게 생각해보

자. 공부를 잘한다는 것은 더 건강하고 행복한 삶을 살기 위해서다.
그로 인해 정말 건강하고 행복해져야 한다.

숲에서는 모두가 함께 산다

공존의 생존 방식

03

속초 집에 정착한 첫해에는, 우리와 함께 사는 '이웃'들을 눈치채지 못했다. 그런데 차츰 같은 길고양이가 비슷한 시각에 나타나 창문 앞, 물 확에 고인 물을 먹고 간다는 걸 알게 되었다. 조금 더 시간이 흐르니 사무실 앞에 심은 산딸나무에 날아오는 새들도 눈에 익었다. 처음엔 매번 다른 새라고 생각했는데, 자세히 보니 같은 새였다.

이웃의 존재에 재미를 붙인 남편은 좀 더 확실하게 정체를 확인하기 위해 미끼를 던지기 시작했다. 산딸나무에 사과를 매달아두고 쌀을 뿌리기도 했다. 작전은 대성공이었다. 사과를 노린 직박구리가 하루에도 몇 번씩 찾아와 사과를 먹고 갔다. 찾아오는 직박구리는 한 마리였는데 자신이 독점한 사과를 절대 뺏기지 않으려 했다. 다른 새가 찾아오면 괴성을 지르며 쫓아냈다. 먹는 식성도 새마다 달랐다. 직박구리는 사과, 감 등 과일을 좋아하지만, 네 마리가 한꺼번에 찾아오는 참새 무리는 과일보다는 쌀과 같은 곡물을 더 좋아했다.

산딸나무에 찾아온 직박구리.
매달아놓은 사과를 먹으러 겨울부터 봄까지 수시로 찾아온다.

아주 낯선 이웃을 만나기도 했다. 처음에는 새로운 고양이인가 했는데 고양이와는 생김이 달랐다. 목이 유난히 길고 털빛이 가벼운 밤색으로 고왔다. 인터넷을 뒤져보니 그 이웃의 정체는 '족제비'였다. 족제비는 쉽사리 정체를 드러내지 않는데 아마도 겨울 산속에 먹을거리가 떨어져 인가로까지 내려온 듯 보였다. 종종 겨울이 되면 멧돼지가 도심의 아파트까지 들어와 위협한다는 뉴스를 본다. 인간은 멧돼지의 공포를 어찌지 못해 잡거나 죽이는 방법을 택한다. 물론 멧돼지가 일으키는 농작물의 피해도 극심하긴 하다. 둥글레 등

땅속에 남겨진 식물의 뿌리를 죄다 캐 먹기 때문에 농부들의 근심도 크다. 그런데 멧돼지가 사람을 위협해 죽음에 이르게 했다는 소식은 거의 들어본 적이 없다. 대신 인간이 공포감에 죽인 멧돼지의 수는 헤아리기도 힘들 정도다. 이쯤 되면 멧돼지가 인간에게 느끼는 공포가 훨씬 더 무섭고 섬뜩할 것이다.

속초 집을 구입하고 수리를 위해 경계측량을 했다. 이웃과 내 땅의 경계를 분명히 해 분쟁이 일어나지 않게 하기 위해서였다. 측량 전문가들은 집의 외곽에 주황색 말뚝을 박아 우리 땅을 정확히 알려주고 떠났다. 그런데 그 경계만큼의 땅이 정말 나의 소유일까, 문득 의문이 들곤 한다. 지구는 인간만이 소유하도록 허락된 곳이 아니다. 수많은 다른 생명체와 함께 땅과 하늘을 나누어 쓰고 있는 중이다. 동물들에 등기부등본을 내밀며 내 구역에 들어올 수 없다고 요구할 수 있을까? 물론 동물도 자기 영역이 분명히 있다. 그 안으로 다른 동물들이 들어오는 것을 싫어하고 방어도 한다. 하지만 어찌되었든 모든 생명체는 이 지구의 모든 것을 함께 더불어 공유해야한다는 것도 너무 잘 안다.

언젠가 아프리카 케냐의 국립공원을 방문한 적이 있다. 그때 인상적으로 남은 장면이 있었는데, 천적인 얼룩말과 사자가 물가에서 나란히 먹고 있는 것이었다. 얼룩말의 생존을 위협하는 사자는 '배고픈' 사자다. 이미 배부른 사자는 아무리 얼룩말이 가까이에서 풀을 뜯고 있어도 사냥을 하지 않는다. 사자가 얼룩말을 보이는 족족 잡아먹거나 식량을 비축하겠다고 얼룩말을 죽여 저장하기 시작했다면 얼룩말은 이미 씨가 말랐을 것이다. 그리고 얼룩말이 사라지면 당연히 사자도 생존이 불가능했을 것이다.

우리 일상의 안녕을 위해서 다른 생명의 생존을 위협하는 것이 과연 옳은 일일까? 인간의 생존 역시 지구상 수많은 생명들과의 공존 속에서 자연이 허락한 우리의 삶을 누리는 일일 것이다.

한 집계에 의하면 지구의 반 이상이 화재의 경험을 안고 있는 땅이라고 한다. 모든 화재가 사람의 잘못으로 발생하는 것은 아니다. 번개에 의해서든, 따가운 태양빛에 의해서든, 원인 모를 불이 나기도 한다. 화재는 인간에게도 치명적이지만, 식물과 동물이 입는 상처와 위험은 더 하다. 하지만 정말 이런 재앙이 재앙으로만 끝이 날까?

최근 화재 시에 발생하는 연기가 특정 식물의 씨앗을 틔우는 데 결정적인 역할을 한다는 사실이 밝혀졌다. 사실 산불은 그곳에 자리잡고 있는 식물과 동물들에게는 더 없는 재앙이지만, 언제든 새싹을 피워보겠다고 기회를 노리고 있는 씨앗들에게는 절호의 기회다. 키 큰 나무가 사라져 햇볕을 마음껏 받을 수 있고 영양분을 다툴 잡초도 사라지고 성장을 힘들게 할 해충들까지도 화재에 의해 일시적으로 전멸되기 때문이다. 산불이 난 지역이 몇 년 후 다시 초록으로 생명을 되찾게 되는 것도 바로 이런 이유다.

그럼 씨앗은 화재가 발생했다는 것을 어떻게 알까? 흙 속에 묻힌 씨앗들은 연기를 통해 화재를 감지한다. 연기가 씨앗에 닿으면 씨앗은 화재를 인지하고 싹을 틔워도 된다는 신호로 본다. 이런 연관 관계를 풀어 그간 재배에 실패했던 식물들의 싹 틔운 사례가 남아프리카의 키르스텐보시Kirstenbosch 식물원에서 있었다. 불을 피워 종이에 연기 냄새를 배게 한 뒤 그 종이를 물에 담가 씨앗에 뿌리니, 인간의 힘으로는 싹을 틔워낼 수 없었던 씨앗이 발아한 것이다. 어떻게 식물이 연기를 화학적으로 인지하고, 두꺼운 껍질을 스스로 깼는지는 과학적으로 밝혀지지 않았으며 여전히 연구가 진행 중이다.

식물이 화재 효과를 받아드린 것은 경험과 진화의 결과다. 재앙 속에서도 장점을 찾아내고, 그 장점을 활용하려는 생존의 지혜가 연기를 감지해 싹을 틔우게 하는 현상까지 만들었다고 볼 수 있다.

식물도 매년 경험을 축적해 앞날을 대비한다. 매년 똑같이 피고 지는 것처럼 보이지만, 가물었던 때는 가뭄의 경험을, 홍수가 났을 때는 홍수의 경험을 기억해 자신을 변화시키고 그 기억을 씨앗에 담아 전달한다. 이런 노력이 1년의 반 이상을 비 한 번 내리지 않는 사막에서도 살아남을 수 있는 선인장으로, 키 큰 나무들로 우거져 빛조차 제대로 받을 수 없는 아마존 숲에 공중에 매달려 살 수 있는 틸란시아로 진화된 셈이다. 그렇다고 우리의 부주의함과 잘못으로 일어난 화재까지도 두둔할 수는 없다. 다만 어떤 경험에서든 그 경험의 교훈을 축적하지 않고, 다시 또 반복하는 우리에겐 이런 식물의 지혜를 배울 필요가 있다.

　오랜 기다림 끝에 갖게 된 속초 집 정원에서 나는 많은 실수들을 저지르고 있다. 봄에 피는 수선화, 튤립, 크로커스 등의 알뿌리는 겨울의 추위를 경험하는 일이 필요하기 때문에 반드시 겨울이 오기 전 심어야 한다. 그런데 속초의 겨울이 따뜻하다는 것만 믿고 지난 12월 조금 늦게 튤립의 알뿌리를 심었는데 이후 바로 한파가 몰아쳤다. 땅속은 이미 얼었을텐데 그 안에서 움츠리고 있을 튤립의 알뿌리는 얼지 않고 잘 견디고 있을까?
　매일 심어놓은 자리를 쳐다보며 기원한다.
　'잘 이겨내고 꼭 살아남아다오.'
　불안한 일을 해놓고 알뿌리에게 무리한 요구를 하고 있는 내가 어설프지만, 이 경험 또한 나와 튤립에게 긍정의 진화로 이어지기를 바랄 뿐이다.

#

다양한 튤립 알뿌리.
알뿌리를 늦가을에 묻으면
겨울을 보내고 이듬해 봄, 싹을 틔운다.

약육강식이 아닌 공생의 삶

우리는 과학 시간에 지구상 모든 생명체의 삶은 '약육강식'이라고 배웠다. 이 말은 맞기도 하지만 틀리기도 하다. 그렇다면 지구상에 약한 것은 사라지고 강한 것만 남아 있어야 하는데 여전히 약자도 강자와 함께 살아가고 있기 때문이다.

덩치가 크다고 삶이 유리한 것은 아니다. 덩치를 키우는 식물은 그만큼 많은 영양분이 필요하기 때문에 땅 밑으로 수십 미터까지 뿌리를 내려야 한다. 이게 잘 안 되면 수십 년 커오던 나무도 바람에 나무 전체가 뽑혀나간다. 태풍이 지나간 후에 우리는 아름드리 큰 나무가 뽑혀 있는 건 많이 보지만, 땅에 붙어서 작은 키로 살아가는 풀들이 뽑히는 걸 보기는 어렵다.

덩치를 키우는 게 한편으로는 유리하지만, 그만큼 위험을 감수하고 있다는 얘기가 되는 셈이다. 이끼는 45억 년 전 지구가 태어난 이후 가장 먼저 출현한 생명체 중에 하나다. 꽃도 없이 포자를 날려 번식하는 원시적인 방식을 고수한다. 덜 진화된 이 생명체는 다른

여름에 접어들면 정원은 거미줄로 가득해진다. 그만큼 곤충이 많아졌다는 뜻.
거미는 해충을 잡아주는 식물의 파수꾼이다.

진화된 생명체가 출현했다 멸종되는 일을 끄떡없이 지켜봤다.

식물의 세계만이 아니다. 물속에 사는 포유류인 고래는 평생 서너 마리의 새끼를 낳고 한 번에 한 마리만 잉태한다. 대신 배 속에서 거의 다 키워서 출산하기 때문에 한 마리만 낳아도 생존 확률이 높다. 하지만 대구라는 물고기는 한 번에 수억 개의 알을 낳는다. 대구가 그 많은 알을 낳는 이유는 그만큼 생존율이 낮기 때문이다. 새끼를 적게 낳지만, 생존율이 높은 고래나 생존율이 낮기에 많이 낳는 방식을 택한 대구나 모두 강자도 약자도 아닌 지구의 '생존자'들일 뿐이다.

다른 예도 있다. 식물은 곤충에게 일방적으로 먹히기는 하지만, 특정 곤충의 개체 수가 증가하면 자기 몸에 독을 품어 이듬해 그 곤충의 수를 줄인다. 결론적으로 이 지구엔 절대 강자도 없고 절대 약자도 없다. 덩치가 크고 힘이 세다고 유리하고 작고 미비하다고 불리한 것도 아니다.

많은 생명체가 그렇듯이 우리의 삶도 절대적으로 유리한 것도 불리한 것도 없다. 지금의 우리가 유리하게 진화됐다고 생각하는 것이 꼭 장점이 아닐 수도 있다. 이 자연의 모든 생명체가 공생의 관계이듯 우리 역시도 서로 다르게 더불어 살아가는 공생의 삶일 뿐이다.

지인의 초대로 강원도 용평, '대관령 음악제'를 다녀왔다.

나는 클래식 전문가는 아니지만, 한동안 라디오에서 클래식 프로 그램의 대본을 썼기 때문에 나름 아는 만큼 들리는 즐거움을 있을 것이라 생각했다. 그런데 이 음악제는 국내에서 듣기 어려운 고품격 클래식 음악을 소개하는 데 그 취지가 있었다. 대중적이지 않은 곡을 연주하다 보니 낯선 선율이 역시나 귀를 자유롭게 넘지 못하고, 허들에 발이 걸리듯 덜컹거렸다. 한국에서는 처음으로 연주된다던 쇼스타코비치의 교향곡 15번은 파격 그 자체였다. 바이올린, 피아노와 함께 타악기인 팀파니, 마림바, 드럼 등으로 구성된 곡은 그야말로 불협화음의 연속이었다. 20여 분간의 연주에서 악기들은 부드러웠다가 거칠어지고, 멈추는가 싶으면 느닷없이 천둥 치듯 울려댔다. 여과되지 않은 본능을 일깨우는 느낌이었다.

이상하게도 나는 이 불협화음의 난해함 속에서 자꾸만 아마존 밀림이 떠올랐다. 온갖 식물과 곤충, 동물이 뒤엉킨 지구의 허파, 타잔

이 덩굴식물의 줄기를 타고 '아아아~'를 외치며 날아다녔던 그곳을. 나중에 생각해보니 수많은 생명체가 한 치의 양보도 없이 자신의 생존을 위해 치열한 본능으로 살아가는 아마존의 모습이 쇼스타코비치의 불협화음과 닮았다는 생각을 했던 듯싶다. 우리가 흔히 듣기 좋다고 말하는 화음은 정확한 수학적 계산에 의해 만들어낸 음의 어울림을 말한다. 그런데 현대로 오면서 작곡가들은 이 수학적 계산을 따르지 않았다. 악기들이 각자 치열하게 만들어내면서 불협화음을 만들어내기 시작했다. 왜 그랬을까? 나의 경우는 정원에서 답을 떠올리게 된다.

정원은 숲이나 산과는 달리 인간의 통제에 의해 관리되는 공간이다. 허락도 없이 자리 잡은 잡초라고 분류된 식물은 끊임없이 잘려 나가고 뽑힌다. 웃자라는 식물은 가위질로 각이 잡히고, 식물이 피워내는 꽃을 좀 더 오래 보자고 번식 기능을 없애기도 한다. 이 모든 통제는 정원이라는 곳을 아름다운 화음을 만들어내는 공간으로 만들기 위해서다. 정원은 인간의 주거 공간에서 세심한 통제와 관리에 의해 식물과 곤충, 동물이 조화롭게 존재하는 공간이다. 자연의 질서가 아닌 인간의 질서로 만들어진 것이다.

반면 자연에서라면 온갖 생명체가 각자의 생존 방식에 따라 죽을 힘을 다해 악을 쓴다. 그 치열함 속에서 성장하고 때로는 절체절명의 순간에 생명을 잃기도 하고 때로는 살기 위해 다른 생명체를 취

\#

정원은 각양각색의 식물과 동물 그리고 우리가 뒤엉켜 살아가는
복잡한 장소이기도 하지만, 그 가운데서도 질서와 조화가 있는
아름다운 공간이기도 하다.

하기도 한다. 이런 모습이 우리 눈에는 카오스, 무질서로 보일 수밖에 없다. 하지만 여기서 좀 더 생각해볼 부분이 있다.

자연이 정말 무질서와 혼동으로만 뒤엉킨 곳일까? 아마존 숲을 항공 촬영해보면 숲의 꼭대기 높이가 신기할 만큼 비슷해서 마치 일부러 키를 맞춘 듯 보인다. 나뭇가지가 펼쳐진 형태도 서로 부딪치지 않고 각자의 영역을 적당하게 확보하며 하늘을 골고루 나눠 쓴다는 걸 알게 된다. 과학자들은 이를 '꼭대기의 수줍음Crown Shyness'이라 부른다.

그뿐만이 아니다. 가장 높이 솟는 식물은 잎이 가늘면서 한들거리는 경우가 많다. 키가 큰데 잎까지 크고 촘촘하다면 그 밑에서는 어떤 식물도 살 수 없기 때문이다. 이는 하부에서 자라야 하는 식물에는 결정적인 생존 요소다. 대신 하부 식물은 위에서 자라는 식물보다 상대적으로 잎의 크기를 좀 더 키운다. 부족한 일조량을 채우기 위해선 광합성을 할 수 있는 잎의 면적이 넓어야 하기 때문이다.

저마다 생존을 위해 치열하게 자신의 이득을 취할 것 같은 자연의 냉혹함 속에서도, 서로가 의지가 되고 도움을 주는 시스템이 숨어 있다. 모두 다른 삶의 방식, 생존의 방식을 취하지만, 그 안에 또 다른 더 큰 의미의 조화와 질서가 유지된다.

정원이라는 공간에서 인간 역시도 전지전능한 신의 역할을 할 수는 없다. 우리도 하나의 생명체로서 그 역할을 할 뿐이다. 여름의 정원은 걷잡을 수 없이 번지는 식물과 병충해, 혹독한 날씨가 말 그대로 쇼스타코비치의 교향곡처럼 불협화음의 연속이다. 하지만 이 역시도 정원의 한 부분이다. 불협화음이 결국은 또 다른 차원으로 생태계의 화음을 만들어나가고 있음을 잊지 말자.

접시꽃, 루드베키아, 코스모스, 에키네시아, 해바라기, 칸나.

이름만 들어도 여름의 향기가 물씬 나는 여름 식물이다. 이런 식물들은 키가 1m를 훌쩍 넘긴다. 잎 크기도 어른 손바닥에서 심지어는 사람 머리만 한 것도 있다. 피어나는 꽃 역시도 크고 화려하다. 여름 식물이 이렇게 최대치로 자신의 몸을 키우는 건, 추위가 사라지고 광합성 작용을 충분히 할 수 있는 조건이 찾아오기 때문이다. 그래서 우리의 정원은 봄보다 여름이 훨씬 더 풍성하고 화려하다.

그러나 이런 여름 식물에도 치명적인 약점이 있다. 몇 년 사이 맹렬해진 땡볕 더위가 이어지고 비마저 내리지 않는다면 그 큰 덩치에 물이 부족해 결국은 말라 죽는다. 그래서 여름 정원 관리의 최대 핵심은 식물들이 목마르지 않게 물을 공급해주는 일이기도 하다. 그러나 한정 없이 매일 물을 주는 일은 사람에게도 힘겨운 일이지만, 식물에도 그리 좋은 일은 아니다.

물은 주고 난 후 살짝 손가락이나 호미로 흙을 파보면 생각보다 흙 속으로 스며든 물의 깊이가 얕아서 깜짝 놀란다. 원예 상식으로는 여름철에는 적어도 일주일에 한 번은 2.5㎝ 깊이만큼 충분히 적셔질 정도로 물을 줘야 한다. 그러나 샤워시킨 듯 충분히 주었다고 생각해도 막상 흙을 파보면 표면을 겨우 적신 수준일 때가 많다. 일주일에 2.5㎝를 적실 정도로 물을 준다는 것은 사람의 물주기 방식으로는 매우 힘든 일이다. 그러니 비가 규칙적으로 내려주기를 눈 빠지게 기다릴 수밖에 없다.

그런데 내리는 비나 사람이 주는 것을 통해 물을 공급받을 수 있는 식물의 범위는 뿌리 깊이기 20㎝ 미민의 식물인 초본식물에만 해당한다. 우리가 나무라고 통칭하는 목본식물은 지상에서 물을 뿌려 충분히 물을 준다는 게 거의 불가능한 일이다. 그러면 나무는 어떻게 물을 공급받는 것일까?

나무의 뿌리는 식물 전체가 흔들리지 않도록 단단히 고정을 하는 역할도 하지만, 뿌리를 수 미터 혹은 수십 미터씩 뻗어 지하 속의 물을 찾아다닌다. 이 뿌리가 흙을 찾아 움직이는 모습을 영상으로 찍어 빨리 보기로 돌려 본다면 그 엄청난 운동량에 깜짝 놀랄 것이다.

사실 우리가 정원에서 식물을 위해 할 수 있는 일은 그리 많지 않다. 최근 가든 디자인의 경향이 '식물의 자생력'을 고민하는 방향으로 흐르는 것도 이 때문이다. 정원의 식물은 어쩔 수 없이 사람이 심은 것이긴 하지만, 결국 살아갈 힘은 식물 스스로에게서 나와야 한

뒷마당에 내가 심은 크로코스미아.
갈대와 함께 돌담의 담쟁이가 스스로 자라
자연스럽게 화단을 만들어냈다.

다는 철학에서 비롯된 것이다. 식물의 자생력을 높이는 방법의 하나
는 식물은 단독으로 심기보다 서로 이웃할 수 있도록 '묶음'으로 심
는 방법이다. 일종의 작은 군락을 만드는 것이다. 이렇게 무리 지어
심을 경우 함께 나란히 자라면서 서로 지지대가 되어주는 효과가
생긴다. 물론 촘촘하게 붙어 있어 영양분을 다투는 측면이 있다. 경
쟁으로 인한 스트레스가 생기기도 한다. 그러나 이런 단점을 감수할

만한 더 큰 장점이 있다. 나란히 기대어 있다 보니 자연스럽게 그늘이 더 생기고 그 덕분에 흙 속의 수분 증발도 적다. 게다가 꽃을 피우면 한 아름으로 피어나 다른 식물보다 곤충을 부르는 능력도 탁월해진다. 혼자일 때와는 다른 집단의 힘이 생기는 것이다. 양보하고 나누는 일이 때로는 서로에게 부담과 스트레스를 주기도 하지만, 그보다 훨씬 더 큰 힘을 얻는다는 걸 알 수 있다.

이런 원리가 식물의 자생에 국한된 것은 아닐 듯싶다. 우리의 삶도 다양한 관계 속에서 스트레스를 주고받지만, 우리가 아름다운 이유도 함께하기 때문이라고 믿는다. 무리 지어 함께 피어난 꽃이 홀로 핀 꽃보다 아름다운 것처럼.

나비를 부르는 정원

　남도의 끝자락, 남해로 지인을 만나러 가는 길이다. 남쪽으로 가는 길은 뭔가 풍성함이 기다리고 있을 것 같아 마음이 늘 설레곤 한다. 종종 찾아갔던 길이지만 9월의 남도 여행은 처음이다. 남해라고 해도 화려했던 여름 꽃이 지나간 정원은 다소 쓸쓸해 보인다. 그러나 자세히 들여다보면 화려함은 사라졌어도 잔잔한 아름다움은 여전하다. 쑥부쟁이, 벌개미취, 구절초로 대표되는 들국화가 피었고, 어느 시인의 표현처럼 푸근한 누나를 연상시키는 과꽃이 정원에 자리 잡았다. 이게 끝이 아니다. 짜릿하고 아찔한 즐거움이 더 있다.

　갑자기 어디서 날아왔는지 울긋불긋한 나비들이 꽃밭에 가득하다. 9월의 정원에는 나비가 이렇게 갑작스러울 정도로 많이 출현한다. 대부분의 나비는 여름의 끝자락인 8월 말에서 9월 초에 본격적인 짝짓기를 한다. 오랜 시간 애벌레와 번데기로 시간을 보내다가 드디어 아름다운 나비가 되었는데 이때를 놓치면 태어난 사명이 없어지는 셈이다. 그러니 나비들로서는 치열한 삶의 현장이 아닐 수 없다. 하지만 우리의 눈에 각양각색의 모양과 색채의 나비가 정원을 장식해주니 심심한 9월의 정원에 더할 나위 없는 볼거리, 흥밋거리가 된다.

최근 나비가 급격하게 사라지고 있다. 나비뿐만 아니라 벌과 일부 곤충도 이대로 가면 멸종을 염려해야 할 정도다. 이는 생명체 하나가 지구상에서 사라질 수도 있다는 막연한 추측으로 끝날 문제가 아니다. 식물의 수분을 도와주는 대표적인 생명체인 벌과 나비가 이 속도로 사라져 혹여 멸종이라도 된다면, 지금 우리가 먹고 있는 식량의 반 이상을 잃게 된다. 식물도 급격하게 사라서 극단적으로는 초록 행성 지구를 더는 기대할 수 없게 될 수도 있다. 우리의 지구도 화성처럼 변하지 않는다는 보장이 없는 셈이다.

이런 위기감은 최근 정원에도 많은 영향을 주고 있다. 그간 인간을 위해 정원을 만들어왔다면 이제는 자연을 위한 배려가 필요하다는 자각 때문이다. 이른바 '생태 정원wildlife garden'이라는 것인데, 곤충이나 야생동물이 머물 수 있는 정원을 말한다. 나무 그루터기를 쌓아두어 곤충이 숨어 지낼 수 있는 장소를 마련해주는가 하면 풀이 자라는 연못을 만들어 야생동물들에게 물을 제공하는 등 완벽하게 깨끗하고 정갈한 관리보다는 자연스러운 조성이 무엇보다 중요하다.

또 벌이나 나비처럼 특정 곤충을 부르는 생태 정원도 있다. 특히 볼거리가 풍부한 나비의 정원은 유럽에서 큰 인기를 끌고 있다. 이 정원을 만들기 위해선 몇 가지 요건이 필요하다. 우선 나비가 잠을 잘 수 있는 집과 같은 공간이 있어야 한다. 자연 상태에서는 촘촘한 잎으로 구성된 생울타리(주목나무, 측백나무, 아이비)가 가장 좋다. 나비는 낮에는 정원에서 활동하지만, 밤이 되면 식물의 틈으로 들어가 휴식을 취한다. 이곳에서 알도 낳는다. 또 하나의 중요한 요건은 알에서 깨어난 애벌레가 먹을 수 있는 식물의 구성이다. 나비 애벌레가 좋아하는 식물로는 호랑각시나무, 버드나무, 부드러운 열매가 열리는 식물이다. 이런 식물들이 정원에 함께 있어야 애벌레의 성장이 확보된다.

마지막으로 나비가 된 후 먹을거리가 되는 즙이 풍부한 식물(버들레아, 인동초, 매발톱)이다. 이런 조건이 확보됐을 때 나비는 알에서 애벌레, 번데기, 그리고 다시 나비로 정원에서 우리와 함께 일생을 보내게 된다.

다행인 것은 나비가 시골에서만 살아가는 것은 아니라는 점이다. 도심 속의 작은 베란다에서 꽃을 피운 식물을 보고도 나비는 날아든다. 우리 삶이 자연으로부터 상당히 멀어졌다지만, 이 도시 환경 속으로도 여전히 찾아와주는 나비와 벌이 있다는 건 아직은 여전히 우리에게 희망이 있다는 것을 보여주는 증거이기도 하다.

나비는 예쁘지만 벌레는 징그럽고, 식물을 좋지만 곤충은 싫다는 식의 판단이 자연으로 가까이 다가갈 기회를 잃게 한다는 것도 잊지 말자. 이 지구의 모든 생명체의 삶과 죽음이 우리의 잣대로 결정될 수 없고 그래서도 안 된다. 이 지구에 사는 생명체는 모두 조화와 균형 속에 살아가고 우리 역시도 그 하나의 존재일 뿐이라고 정원은 늘 말한다.

\#
남편이 만든 나비 집과 새 집.
정원은 식물을 키우는 공간이면서 야생동물이 함께하는
생태적 공간이다.

속초의 오래된 마을로 이사한 지 4년째 되던 해. 뜻밖의 사람에게 푸근한 위로를 받았다. 1년에 두 번 찾아오는 명절인 추석, 설에 우리는 떡방아 집에 떡을 맞춰 마을 어르신들에게 돌리곤 했다. 처음에는 마을에 불쑥 나타난 낯선 이방인인 우리를 잘 봐달라는 부탁의 선물이었지만, 양가 부모님을 모두 여읜 우리 부부에게 묘한 명절 행사가 돼버렸다.

그런데 올해는 뜻하지 않은 선물이 되돌아왔다. 직접 논농사를 짓고 계시는 마을 어르신이 떡 한 접시의 보답으로 수확한 벼를 도정해 뽀얗고 하얀 쌀 한 자루를 우리 집 마당에 두고 가신 것이다. 떡 한 접시를 쌀 한 자루로 돌려받으려니 민망하기 짝이 없었다. 우리가 없는 틈에 비라도 맞을까 봐 처마 밑에 잘 두고 가셔서 하루가 지나서야 그 예쁜 쌀을 만났다. 쌀을 보고 있자니 최근 들어 마음을 우울하게 했던 일이 스르르 녹았다. 아직은 우리가 그래도 잘 살고 있나 싶어 뜨끈한 위로가 됐다. 우리 부부는 '이게 바로 되로 주고 말로 받은 꼴'이라며 신이 나서 아껴 두었다. 차례상에 먼저 올리고 애들 오면 이걸로 밥해 먹이자는 야무진 계획도 세웠다.

속초 집에는 이 집이 지어질 때쯤 심은 밤나무가 있다. 이 밤나무에서 올해도 어김없이 엄청난 양의 밤송이가 떨어지는 중이다. 아침에 일어나 습관처럼 정원을 한 바퀴 돌다 보면 나간 양손 가득 주운 밤알이 가득할 정도다. 밤을 보관할 때는 수분이 증발하지 않도록 하는 게 중요하다. 큰 항아리에 모래를 먼저 담고 밤을 켜켜이 묻는 것도 좋은 방법이다. 사실 우리가 이 집을 샀으니 우리 밤나무라고 해도 누구 하나 딴지를 걸 리 없지만, 누군가 밤나무를 심은 덕에 이 밤을 잘 먹으니 감사하게 생각한다. 생각해보면 심는 사람 따로, 먹는 사람 따로 인가 싶기도 하다. 이런 일은 우리 삶에도 종종 일어난다.

저마다 다른 타이밍에 누군가는 나무를 심고 누군가는 키우고 누군가는 열매를 딴다. 이 모든 일이 내 생에 다 이뤄져 노력의 결실을 고스란히 가져갈 수 있다면 세상 참 공평할 텐데, 그렇지가 않다. 그러다 보니 노력도 없이 열매를 받는 일에는 당연하게 생각하다가도, 열매를 딸 수도 없는데 나무를 심어야 할 일이 생기면 억울함이 앞선다.

우리나라의 산은 사람에 의해 묘목이 심어진 육림으로, 전쟁으로 인해 폐허가 된 산을 복구하기 위해 다른 나라에서는 찾아보기 힘

#
가을은 되로 주고 말고 받는 계절.
내가 심은 작은 씨앗이 더 큰 열매로 찾아와준다.

든 식목일까지 만들었다. 전 국민이 나무 심기에 혼신의 힘을 다했던 시기도 있었다. 그 나무들이 수십 년간 보호 속에 잘 자라 우리의 산을 풍요롭게 덮고 있다. 지금 우리가 심는 나무는 어쩌면 내 세대가 아니라 우리의 다음 세대 혹은 그다음 손자 세대에 꽃을 피울 일일지도 모른다. 당장 내 몫이 되지 않을 일을 왜 하나 싶지만, 누군가의 노력이 끊기면 결국 후손들에게 남겨줄 것도 사라진다.

내 마음을 어지럽혔던 억울함도 실은 내가 한 일에 대한 열매가 보이지 않기 때문이었다. 그러나 내가 경험한 세상과 자연은 가끔은 내가 손해를 보는 것 같더라도 언젠가 더 큰 것으로 되돌려주기도 한다.

정원, 식물과 인간의 '케미'

지난겨울 딴 토종 감을 부엌 창문 밖에 두고 깜빡 잊고 말았다. 어느 날 아침밥을 하려고 싱크대 앞에 섰는데, 온몸에 잿빛이 도는 새 두 마리가 사방을 두리번거렸다. 몇 달이 지나는 사이, 감이 홍시가 되어 터진 줄도 몰랐는데 잘 익은 홍시를 새들이 조심스럽게 베어 물고 있었다. 몇 번을 훔쳐보다 새가 궁금해 검색해보니 직박구리였다. 오죽했으면 사람들 근처에 얼씬도 안 하는 산새가 사람이 사는 부엌까지 왔을까.

겨울이 되면 새들은 배고픔을 이기기 위해 안간힘을 쓴다. 열매가 주된 식량인 새는 나무 열매가 사라지는 겨울을 이겨내기가 무척 힘들다. 보는 이의 마음과는 달리 새들에게는 치열한 삶의 현장이다. 삶의 치열함은 직박구리뿐만 아니라 홍시를 새에게 내어주는 감나무에도 마찬가지다. 감나무가 달콤한 감을 만드는 이유는 씨를 옮겨줄 동물을 불러오기 위해서다. 과육은 맛있게 먹어주되 딱딱한 씨는 배설물로 내보내 적당한 곳에 떨어뜨려 달라는 뜻이다.

드라마에서 호흡이 잘 맞는 주인공들의 관계를 두고 화학적 반응이 일어난다는 의미로 '케미가 좋다'는 말을 쓴다. 그런데 식물과 동물이야말로 진짜 드라마틱한 케미가 숨어 있다. 뿌리부터 잎까지 독성으로 가득한 주목나무는 씨앗을 감싸고 있는 과육 부분만 독이 없다. 과육은 과학적으로 과일로 분류되지 않지만, 젤리처럼 몰랑거리고 맛도 달콤하다. 이 사실을 잘 아는 새와 동물은 과육을 먹은 뒤 가장 독성이 강한 씨는 뱉어낸다. 동물이 뱉은 씨를 통해 주목은 좀 더 멀리 자손을 퍼트린다. 그런데 식물의 씨가 가장 빨리, 광범위하게 퍼질 수 있는 방편은 바로 인산에 의해서나. 불론 특성 식물을 원하는 목적으로 번식시키지만, 인간이 없다면 지구에 이토록 많은 식물이 번식되기도 힘들었을 것이다. 그중에서 가장 순수하게 식물과 사람의 케미가 돋보인 곳이 바로 정원이다.

　정원 일도 결국 식물을 키우는 농사일과 같아서 절기가 매우 중요하다. 싹을 틔울 수 있는 기간이 찾아오기 전에 씨앗을 준비하는 일이 급선무다. 올해 화단에는 어떤 식물을 심어볼까? 잎이 나는 시기와 모양, 꽃이 피는 때와 색상 등을 고려해 식물을 선정해야 한다. 거기에 맞춰 씨앗을 파는 곳을 알아두고 미리 주문해놓는 준비가 필요하다.

　더불어 아직은 추위가 매서워도 흙 관리의 시기를 놓쳐서는 안 된다. 1년간 흙은 대부분의 영양분을 식물에 뺏기고 겨울을 맞는다.

#
남편은 네 그루의 감나무에서 해마다 수확되는 감을 말려
곶감을 만든다.

겨울에 땅은 얼었다. 녹기를 반복하면서 마치 덕장에서 동태가 황태로 변하듯이 보송보송해진다. 겨울 추위가 정원에 꼭 필요한 이유다. 이렇게 식물의 뿌리가 침투하기 좋은 환경을 만들어도 식물에 필요한 영양분 자체를 만들어낼 순 없다. 봄이 오기 전, 농부들은 부지런히 양질의 퇴비를 만들고 식물을 심기 2, 3주 전에는 퇴비를 원래의 흙과 잘 섞어둔다. 정원에서도 마찬가지의 일이 필요하다. 만약 땅이 너무 얼었다면 퇴비를 위에 얹고, 언 땅이 녹았을 때 흙과 함께 섞는 작업을 해야 한다. 이 준비가 얼마나 잘 되어 있는지가 한 해 정원의 풍요로움을 짐작하는 척도가 된다. 그래서 2월은 앞으로

1년간 식물 농사를 좌우하는 매우 중요한 밑 작업을 해야 하는 시기다. 마치 그해의 음식 맛이 그즈음 완성되는 장맛에 있는 것처럼.

비 오는 날, 정원은 사투 중

지구에 식물이 없다면 어떤 일이 생길까? 쉽지 않지만, 상상해보면 이렇다. 일단 지구는 70%가 물이지만, 그중 95%는 바닷물이다. 이중 단 5%만이 우리가 먹을 수 있는 신선한 물이다. 지구의 물은 지구가 탄생한 45억 년 전의 양과 전혀 다르지 않다. 지구는 완전히 밀폐된 공간이고 물은 바다나 강, 때로는 구름으로 옮겨 다닐 뿐 총량은 결국 같다. 한번 오염된 물이 다시 정화되지 않는다면 먹을 수 있는 물은 점차 사라진다. 그런데 이 신선한 물을 만들어내는 것이 바로 식물이다. 갈대를 비롯한 많은 식물은 오염된 물을 정화하는 데 탁월한 능력을 지녔다. 식물은 뿌리를 통해 물을 빨아들이고 잎의 기공을 통해 다시 물을 내보낸다. 그것이 수증기가 되든 증발하여 날아가든 결국 구름을 만들고 비가 되어 다시 지상에 내리고, 고마운 육지 동물들의 식수가 된다. 이 식수의 혜택을 받는 동물 중에 우리 인간도 있다.

정원에 비가 내리면 정원사는 바깥일을 멈춘다. 온종일 헛간에 들어앉아 기계를 손보거나 날이 무뎌진 가위 등을 손보기도 한다. 모처럼 한가로운 이때 정원에서는 엄청난 일이 벌어진다. 굵은 빗줄기는 식물과 작은 동물들에는 치명적인 위험이 될 수도 있다. 땅 밑에서는 더 심각한 일도 벌어진다. 숫자를 헤아리기도 힘든 땅속 미생물도 익사하지 않기 위해서 사투를 벌인다.

곤충의 대부분은 주변의 온도에 영향을 받는 변온생명체다. 비가 오고 바람도 불고 게다가 춥기까지 하다면 인간과 같은 포유류와는 달리 곤충에는 최악의 조건이다. 몸이 온도를 유지하지 못해 에너지가 고갈되어 죽을 수도 있다. 대부분의 곤충은 비가 온종일 오는 날엔 움직이지 않는다. 특히 벌의 경우는 최대한 서로 가까이 모여 체온을 유지하려고 애쓴다. 여왕벌의 경우 아예 날개를 퇴화시켜 날아다니는 데 써야 할 근육을 열 내는 데 쓴다. 일벌이 모아 놓은 먹이가 식지 않도록 따뜻하게 지켜야 하기 때문이다. 날개가 자신의 몸체보다 몇 배나 큰 나비의 경우도 비 오는 날 움직이는 게 치명적이다. 일단 빗방울에 맞아 날개가 파손될 위험도 있지만, 젖은 날개끼리 서로 붙어 움직이지 못해 결국 빗속에서 죽기도 한다. 그래서 나비는 큰 나뭇잎 뒷면에 매달려 비가 그칠 때까지 기다린다. 최대한 활동을 줄이고 모든 에너지를 몸을 따뜻하게 만드는 데 쓴다.

반면 비 오는 날에도 마음껏 활보하는 생명체가 있다. 모기는 비가 오는 와중에도 활동을 계속한다. 그 이유는 간단하다. 빗방울이 모기보다 작기 때문에 피해 다닐 수 있고, 자신보다 더 큰 빗방울을 맞더라도 방수되는 털을 지닌 머리를 이용해 빗방울 속에서 탈출하기도 한다. 새 역시 비가 오더라도 꾸준히 움직인다. 새들은 꼬리 부분에 기름을 만들어내는 샘이 있다. 장마철이면 샘의 기름이 더욱 솟구쳐 깃털에 더 꼼꼼하게 방수 처리한다. 그뿐만 아니라 깃털 바로 밑에도 일종의 피부와 같은 방수층이 하나 더 있어 새들은 비를 맞아도 속살이 젖지 않는다. 다만 비를 맞으면 그 무게만큼 바람의 저항을 이겨야 하므로 에너지를 많이 쓰게 된다. 그래도 새들이 비 오는 날을 좋아하는 이유는 미처 대피하지 못한 지렁이 같은 벌레들이 지상으로 올라오기 때문이다. 이걸 잡아먹기 위해서 새들은 비가 오는 날에도 열심히 날갯짓한다.

그렇다면 지렁이나 절지동물들은 왜 비 오는 날 땅속에 그대로 있지 않고 밖으로 나오는 것일까? 일반적으로 지렁이나 땅속의 미생물은 물을 좋아한다. 특히 지렁이는 피부가 촉촉해야 생존이 가능하지만, 피부로 숨을 쉬기 때문에 땅속에 물이 가득 차게 되면 익사할 위험이 있다. 마찬가지로 다른 절지동물, 미생물도 물에 빠져 죽을 수 있다.

비가 그쳤다고 위험이 사라지는 것은 아니다. 충분히 물을 확보한 식물은 더욱더 싱그러워지는데 식물뿐만 아니라 곤충도 그 숫자와 종류가 대거 늘어난다. 그만큼 경쟁도 치열해진다. 이때부터 식물은 엄청나게 늘어난 곤충(그중에 해충), 균, 박테리아 등과 다시 사투를 벌이는 상황이 생긴다. 말 그대로 사는 게 호락호락하지가 않다.

성장에는 통증이 필요하다

아픈 만큼 자라는 식물들

나무는 가지가 병들거나 다른 가지와 부딪혀 손상을 입으면 스스로 가지를 잘라낸다. 잘려나간 자리에 생기는 것이 바로 '옹이'다. 인간이 개발한 가지치기 방법은 식물의 노하우를 그대로 전수받은 것이다. 가지치기할 때 가장 유념해야 할 사항은 정확한 위치를 잘라내는 것이다. 가지의 끝자락이 많이 남도록 길게 자르는 것은 좋지 않다. 너무 바짝 잘라도 본체 줄기에 손상을 가져와 나무 전체가 건강하게 자라지 못한다. 나무는 이 위치를 정확하게 알고 있다. 본줄기와 잔가지 사이, 볼록하게 띠를 두른 듯 도드라져 보이는 연결 부위에서 정확히 가지를 끊어낸다. 과학적으로는 이 도드라진 부분에서 상처를 아물게 하는 화학 성분이 만들어져 잘린 부분을 감싸 나무를 치유한다.

옹이가 딱딱해지는 이유는 상처 부위를 외부로부터 차단하기 위해서다. 병충해에 노출되거나 비바람이 들어가지 못하도록 밀봉하듯 똘똘 뭉쳐놓는다. 딱딱한 옹이를 끌어안고 있다는 건 나무엔 고통이다. 옹이 주변의 나이테가 유난히 뒤틀리고 불규칙한 것도 이 때문이다. 나무에는 옹이가 아프고 불편하지만, 옹이가 잘 형성됐다는 건 완전히 치유됐다는 걸 의미한다.

나는 운동을 그리 즐기는 사람은 아니지만, 등산만큼은 1년에 몇 번씩 잊지 않는다. 오르고 내려오는 길에 잠시 쉬는 짬이 생기면 주변에 늘어선 나무를 찬찬히 살펴본다. 그런데 놀랍게도 어떤 나무도 성한 데가 없이 온통 상처투성이란 걸 금방 알게 된다. 태풍에 상처를 입어 가지의 반을 잃어버린 나무, 더덕더덕 옹이를 끌어안고 있는 나무, 기울어져 어쩔 수 없이 뒤틀린 나무……. 생각해보면 모든 나무가 저마다의 시련을 끌어안고 산다는 거다.

여름의 한복판, 내게도 해마다 되살아나는 아픈 상처가 있다. 시간이 잘 흘러가주었고, 이제 잘 아물어 딱딱하게 굳어졌다고 생각하는데도 이때가 되면 마음이 먹먹해지고 조금씩 저려온다. 하지만 이제는 그게 내 마음에 생긴 옹이라는 것을 잘 안다. 작년 태풍에 쓰러져 죽은 줄 알았던 나무들도 잔가지를 끊어내고 올해 다시 잘 살아내듯 우리 삶도 그러하지 않으려나.

5월, 담장을 넘어온 덩굴장미가 빨갛게 꽃을 피우며 길 가던 행인의 마음까지도 붙잡는다. 재촉하던 발걸음 잠시 멈추고 장미꽃을 바라보다 향기라도 맡고 싶어져 꽃잎에 다가간다. "옴마야!" 화들짝 놀라 뒷걸음질을 친다. 꽃받침 주변은 흰진드기가 붙어 장미의 영양분을 빼 먹고 있었고, 잎은 검버섯처럼 거뭇하게 타들어가는 중이다. 장미꽃을 보며 '어쩜 저리 예쁜 꽃이 피었을고'라고만 생각한다면 장미의 겉모습만 보았을 뿐이다. 실제 장미의 삶은 진드기와 흑점병에 시달리면서도 한 송이 꽃을 피워 열매를 맺으려고 치열하게 노력한다.

가끔 이런 생각도 한다. 곤충이 사라지면 식물이 행복해질까? 그건 또 아니다. 자신의 몸을 아프게 갉아먹는 애벌레지만, 그 애벌레가 자라 나비가 되고 꽃의 수분을 도와주는 매개자가 된다. 식물과 곤충, 이들은 결국 서로 끌어안고 살아가는 공생의 관계다. 그런데 여기에는 팽팽한 균형이 작동한다. 건강한 식물은 병충해의 공격에도 이겨낼 힘이 있다. 적당한 선에서 자신을 내어주고 다양한 방법으로 벌레를 퇴치한다. 독성 수액을 흘리고, 가시를 만드는 것도 다 이런 이유에서다. 그런데 식물의 균형이 무너지면 병충해의 공격에 휩쓸려 죽고 만다. 결국 병충해에 의해서 죽었다기보다는 나무 스스로 건강함을 잃어 생명을 다한 셈이다.

정원사들은 아주 오래전부터 나무가 병충해를 이기는 데 도움을 줄 수 있는 방법들을 연구해왔다. 하나는 화학적 방법으로 살충제를 뿌려 벌레를 죽이는 것이다. 그런데 이 방법은 부작용이 너무 많다. 벌레를 다 죽이고 나면 식물의 수분을 도와줄 매개사가 없어신다. 게다가 처음 몇 번은 효과적이지만 벌레들도 생존을 위해 내성을 길러 나중에는 약물에도 끄떡없는 슈퍼 병충해가 된다. 두 번째 방법은 생물학적으로 천적이나 이웃해 있는 다른 식물들의 향기 등을 이용해 벌레의 접근을 줄이는 것이다. 하지만 이 방법은 미약해서 근본적인 방지가 되진 않는다. 마지막으로는 식물 스스로가 병충해 속에서도 잘 살 수 있도록 건강하게 만들어주는 것이다. 식물이 건강을 잃게 되는 원인은 대부분 영양분, 햇빛의 흡수가 어려워질 때다. 그래서 정원사는 부지런히 잔뿌리가 흙 속에서 영양분을 잘 흡수할 수 있도록 공기층을 만들어준다. 흙 위에서 썩어가며 병원균의 온상지가 되는 낙엽을 치우고, 잡초에 의해 영양분을 뺏기지 않도록 관리한다. 그래서 노련한 정원사들은 이렇게 말한다.

"식물은 정원사가 아니라 흙이 키운다. 정원사는 다만 그 흙을 돌볼 뿐이다."

대책 없이 변화무쌍해지는 이상 기온은 사람뿐만 아니라 식물들에게도 치명적이다. 이런 상황 속에도 식물들은 죽을힘을 다해 살아간다. 산다는 건 모두가 참 힘들다. 하지만 그 끝에 세상에서 가장 눈부신 장미꽃도 피어나고, 가을이 되면 탐스러운 열매도 열린다.

서리를 맞으면서도 겨울을 견뎌내는 보리와 꽃배추.

4월에 들어서자 마음이 급해졌다. 앞집 할머니께서 아직은 추위가 다 가지 않았다고 양간 바람도 한 번은 더 불어올 거라고 충고하시는데도, 온실에서 키워 잎이 오른 허브들을 새로 조성한 허브 정원에 심었다. 세이지, 레몬밤, 페퍼민트, 라벤더……. 잎을 만질 때마다 뿜어져 나오는 향기가 정원에 가득했다. 올해는 내 집 마당에서 키운 허브 잎을 따 페퍼민트 차를 만들고, 바싹하게 말린 세이지 잎은 생선 구울 때 넣고, 레몬 향이 나는 허브 비누도 만들어봐야지. 잔뜩 꿈에 부풀었다.

그런데 이 꿈들이 하룻밤 사이에 산산조각 나버렸다. 허브를 심은 지 사흘이 채 되지 않은 날, 느닷없이 기온이 영하로 떨어지면서 서리가 내렸다. 다음 날 아침 찬 서리를 맞은 허브 잎들이 초록빛을 잃고 동사한 현장을 마주하고 말았다.

"에이그, 이르다고 하니까…… 쯧쯧."

앞집 할머니의 말씀이 아프다. 생각해보면 날씨가 예고도 없

173

#
온몸으로 추위를 견디는 정원의 식물들.

이 영하로 떨어진 것도 아니었다. 요즘 일기예보가 얼마나 정확한데……. 강의할 때는 반드시 식물을 심기 전 앞뒤 일주일의 날씨를 체크하라고 그렇게 강조를 해놓고 정작 내가 일을 이 지경으로 만든 것이다.

식물들이 안쓰러워 못 볼 노릇이었다. 그런데 며칠 후 신기한 광경을 보게 됐다. 얼어 죽은 줄 알았던 식물 중 일부가 기어이 살아남아 다시 싹을 틔우고 있었다. 그때 생존한 허브들이 지금도 마당에서 자라고 있다. 이 허브들은 '죽음의 문턱'을 갔다 와서인지 뒤늦게 다시 심은 다른 허브들에 비해 아주 씩씩하다. 잎은 온실에서 키운 것보다 두 배쯤 두툼해졌고, 품은 향기도 더욱 진하다. 살아남기 위한 안간힘이 식물을 더 강인하게 만들어놓은 셈이었다.

식물은 물, 영양분, 빛만 있다면 잘 살아가지만, 생명을 위협하는 요소가 너무 많다. 추위, 더위, 비, 바람, 해충……. 자연은 모든 것을 아낌없이 베푸는 듯싶지만 참으로 가혹하기도 하다. 어느 생명체에게도 그저 평온하게 살아갈 환경을 공짜로 주는 법이 없다. 견디고 이겨낸 생명체만이 살아남을 뿐이다. 아프고, 힘겹고, 죽을 것 같아도 기어이 이겨내야 찬란한 축복을 받게 된다.

진정한 승리자는 남들보다 얼마나 평안하게, 영광스럽게 살았느냐기 아니라 마침내 잘 건너어 오늘을 여선히, 기어이 살고 있느냐의 문제일 뿐이다. 그래서 오늘도 여전히 아프고, 힘겹고, 죽을 것 같지만 온 힘을 다해 견디고 버티며 살고 있는 모든 생명에게 외친다. 우리는 잘 살고 있다고!

태풍 고니가 동해안을 지나는 동안 내가 사는 속초에는 온종일 비가 오고 거센 바람이 불었다. 여름 내내 열어두었던 창문을 닫으니 비바람 소리가 잦아들었다. 마치 무서운 영화를 소리 죽이고 보는 것처럼 묘하게 안심되지만, 또 묘하게 두려운 시간이었다. 가혹한 날씨가 찾아오면 사람들도 겁에 질리지만 피하지도 못한 채 그 자리에서 이겨내야 하는 식물의 공포도 대단하다. 사실 움직임이 없는 식물이기에 날씨와 환경은 동물보다도 훨씬 중요한 생과 사의 요인이 된다.

모든 식물은 자신들이 타고 난 환경, 즉 자생지가 있다. 자생지가 식물의 몸에 가장 잘 맞는 장소임은 의심할 여지가 없다. 문제는 모든 식물이 자생지에서만 살아갈 수 있는 게 아니라는 점이다. 그렇다면 식물이 자생지를 떠날 수밖에 없는 이유는 뭘까? 이는 식물 스스로가 선택한 일이기도 하다. 씨앗을 맺어 독립된 생명체가 된 후에는 가능한 한 부모로부터 멀리 떨어지도록 노력한다. 대부분의 씨앗이 둥글게 잘 굴러가게 생긴 것도 부모 그늘로부터 멀리 가려는 의도 때문이다. 하지만 다른 동물이나 인간에 의해 자생지를 떠나는 경우도 많다. 인간에 의해서는 북반구, 남반구를 넘나들고 수십, 수백 킬로미터 떨어진 머나먼 타국살이도 하게 된다. 숲속, 산속처럼 식물이 스스로 자리 잡은 곳이 아닌 이상 정원의 식물 대부분은 자생지를 떠나 낯선 환경 속에 놓인다.

자생지를 떠나 자라는 식물 중에는 잘 살아남는 경우도 있지만, 그렇지 못한 경우가 더 많다. 식물이 아무리 애를 써도 환경이 바뀌면 한계에 부딪혀 더 이상 살지 못하기 때문이다. 이를 원예 전문용어로는 '식물의 한계점Hardness'이라고 한다. 한계점 중에 가장 대표적인 것이 온도다. 예를 들어 따뜻한 지방 태생인 식물이 추운 곳으로 옮겨져 추위를 이겨내지 못하고 죽게 된다면 그 온도가 바로 식물의 한계점이 된다. 멕시코 인근이 자생지인 달리아와 열대 기후를 좋아하는 칸나와 아열대식물인 대나무가 겨울 추위가 있는 우리나라 중부지방에서 자주 죽게 되는 경우도 이 때문이다. 반대도 있다. 추위 속에서 잘 자라는 자작나무는 여름이 오면 더 이상의 더위를 견디지 못한다. 열대야와 같은 환경을 못 견디는 자작나무는 대전 지역 아래에서는 생존하기 힘들다.

온도 외에 강수량도 식물에는 한계점이 된다. 단풍나무, 낙우송 등은 물이 흥건해지는 상황을 좋아하지만, 아카시나무, 소나무, 무화과나무 등은 비가 내리는 축축한 기후를 몹시 힘들어한다. 바람의 영향도 크다. 동백, 측백, 소나무, 야자수 등은 바람이 불어도 잘 견디기 때문에 해안가에서도 거뜬히 자란다. 대부분의 식물은 지속적으로 불어오는 바람을 견디지 못해 생존에 실패하곤 한다. 이런 경우는 바람도 치명적인 한계점이 되는 셈이다.

정원사들의 일은 이렇게 자생지를 떠나온 식물의 한계점을 파악해 잘 이겨낼 수 있도록 돕는 것이다. 겨울 추위에 약한 식물은 뿌리를 따뜻하게 덮어주거나 뿌리를 캐서 따뜻한 곳에 보관해뒀다가 이듬해 봄, 추위가 사라졌을 때 다시 심어야 한다. 습기에 약한 식물은 물 빠짐이 좋은 모래를 보강해서 빠르게 건조해지도록 도와주고, 바람에 약한 식물은 불어오는 바람을 막아주는 장치가 필요하다. 무엇보다 중요한 것은 식물의 자생지와 비슷한 환경을 찾아주는 일이다. 이 원리를 정원에 적용한 사람이 바로 영국의 유명 정원사인 베스 사토다. 그녀는 정원에 심을 수 있는 식물을 가뭄에 강한 식물, 그늘을 좋아하는 식물, 물가에 심을 수 있는 식물, 나무 숲속에서 자라는 식물 등으로 습성으로 식물을 분리했다. 결론적으로 그녀는 정원사가 무엇을 특별하게 해주기보다는 식물이 좋아하는 환경을 찾아내 식물 스스로가 건강하게 살아갈 수 있도록 하는 것이 가장 중요한 원예 기법이라고 강조했다.

여기서 간과해서는 안 될 중요한 부분은 무엇보다 식물에 대한 공부가 선행되어야 한다는 점이다. 아는 만큼 이해되고 이해한 만큼 도울 수 있기 때문이다.

약이 되고, 독이 되고

상록수 중 주목나무Taxus baccata는 유럽에서 잘 자란다. 영국에서는 전통적으로 담장 대신 생울타리로 많이 심어 '생울타리의 왕King of hedge'으로 불린다. 생울타리가 되려면 봄부터 여름까지 주기적으로 잎과 가지를 자르고 다듬는 일이 필요하다.

이 주목나무에는 비밀이 하나 있다. 주목나무는 열매의 과육을 제외한 나머지 부분에 독성이 가득하다. 이 독은 사람이나 동식물이 먹게 되면 목숨을 잃을 정도로 치명적이다. 그런데 신기하게도 나무 아랫부분의 독성이 제일 강한 반면 위로 갈수록 약해진다고 한다. 이유가 뭘까? 과학자들은 초식동물에게 먹힐 확률이 높은 잎의 아랫부분에 독을 많이 품어 동물의 접근을 막으려는 의도라고 본다. 물론 다른 동물을 위협하는 데도 독이 쓰이겠지만, 무엇보다 잎이 잘려나가면 상처를 회복하기 위해 수액을 내보내는데 여기에 독이 가장 많다고 하니 결국 자신을 치유하는 데 가장 큰 목적이 있다고 볼 수 있다.

#
주목나무에 새 잎이 돋는 봄.

　사실 유럽에는 주목의 음독 사고가 종종 있었다. 일례로 영국에서 주목나무 잎을 먹으면 기생충에 특효가 있다는 속설을 믿은 한 엄마가 아이 둘과 함께 목숨을 잃는 사고가 있었다. 한때 영국에서는 주목나무 잎의 독이 위험하기 때문에 놀이터에는 심지 말자는 법안을 만들려는 시도가 있었다. 하지만 위험하다고 해서 특정 나무를 심지 말아야 한다면 지구상에 심을 수 있는 식물이 거의 없다는 과학적 견해에 부딪혀 해프닝에 그쳤다. 또한 사람보다는 양, 말, 소와 같이 풀을 먹는 초식동물에 그 피해가 잘 발생한다.

사람과 동물을 죽일 수 있는 독이 요즘에는 인간의 치명적인 질병인 암을 치료하는 데 쓰인다. 다시 말해 독이 되기도 하지만 약도 된다는 의미다. 주목나무뿐만 아니라 약과 독의 경계에 있는 식물은 매우 많다. 우리가 '극약'이라 부르는 대부분의 의약품도 독이 되어 생명을 해칠 수도 있지만, 때론 약이 되어 생명을 치료하기도 한다. 문제는 독성 자체가 아니라 이것을 어떻게 활용하느냐에 달린 셈이다.

어디 주목나무만 독을 품었을까. 화나고, 슬프고, 마음 아픈 우리도 온몸에 독기를 품고는 한다. 이 독기가 나를 '해치는' 일에 쓰일지, 나를 '치료하는' 일에 쓰일지는 결국 우리의 선택이 아닐는지.

친구들과 여행을 떠난 작은 아이와 며칠째 연락이 되질 않는다.

녀석의 성격상 분명히 전화기를 꺼두었다 돌아오는 날에야 켤 듯 싶다. 나는 아이들이 눈앞에서 사라지면 선선능능 애를 태우며 연락에 목을 맨다. 그런데 이런 내 초조함이 마음에 안 들었던 작은 녀석이 언제부터인가 뻔뻔하게 이런다.

"충전기를 깜빡 잊었어. 그리고 엄마, 무슨 일 있으면 엄마한테 제일 먼저 연락이 가게 돼 있어요. 진정 좀 하세요."

못된 것, 부모 속도 모르고! 그런데 생각해보면, 학교 여행 중이니 뭐 그리 안절부절못할 일도, 설령 일이 있다 해도 내가 수시로 안부 전화를 한다고 해결될 상황도 아니다. 믿고 기다려도 될 텐데 내 감정에 사로잡혀 아이 여행길만 툭툭 끊고 있는 것이리라.

10여 년 전, 당시 살던 일산 집 마당에 남편이 재미 삼아 새집을 만들어 꽃사과나무 위에 올려놓았다. 어느 날 보니, 그곳에 덜컥 박새 부부가 알을 낳았다. 알에서 깨어난 새끼 박새를 훔쳐보는 재미가 대단했다. 모정은 새도 똑같은지 날개 쉴 틈도 없이 박새 부부가 지극정성으로 먹이를 날랐다. 그렇게 키운 새끼들이 날개를 푸드덕 거릴 정도 되었을 어느 맑은 날, 어미 새와 박새 다섯 마리가 나란히 가지에 앉아 있었다. 어미 새가 이상하게 날아갔다 돌아오기를 반복 하는 사이, 우리는 그게 녀석들의 첫 비행 연습이란 걸 알아차렸다. 드디어 몇 번의 연습 끝에 박새 새끼들이 상공으로 첫 비행을 하는 순간! 숨죽여 지켜보던 우리도 소리 없는 환호성을 질렀다. 그런데 문제는 그 후였다. 첫 비행에 성공한 다섯 마리의 박새가 그대로 둥 지를 떠나 돌아오질 않았다. 그 길로 부모를 떠나 각자의 갈 길을 찾 아간 셈이었다. 아, 이런 허망하고 쿨한 독립을 봤나.

가을이 되면 도토리가 상수리나무 밑에 떨어진다. 도토리가 둥근 이유는 잘 굴러가기 위해서, 그래서 되도록 부모의 그늘 밑을 벗어 나 멀리 가려는 의도이기도 하다. 부모 그늘에 있다가는 어린 도토 리는 싹을 틔우기 어렵다. 상수리나무는 다 자란 도토리를 떨어뜨릴 때 자신에게서 좀 더 멀리멀리 가라고 내친다. 품에서 떨어져나간 도토리는 비탈길을 굴러 그 길로 부모와 이별한다.

인간만이 오랜 세월 자식을 끼고 간섭하고 그들의 삶을 좌지우 지한다. 그런데 부모 품에 너무 오래 머무는 자식들치고 잘되는 경 우를 많이 보진 못했다. 부모의 품이 아무리 포근해도 그늘 밑에서는 맘껏 햇볕, 바람 맞으며 자릴 수 없다. 좀 더 쿨하게 보내주자. 사랑하는 내 자식들을 위해서.

노루는 숲을 좋아하지 않는다

온대성 기후의 숲에는 상록과 낙엽의 수목이 공존한다.

사람 손에 파괴되지 않았다면 우거진 수목 안으로는 꽤 어두컴컴하다. 이런 숲을 걷노라면 키 낮은 식물이 살기 얼마나 힘겨운지 알게 된다. 촘촘하고 빼곡하게 하늘을 덮은 수목의 잎들이 햇볕을 가려 키 작은 관목과 초본식물의 성장을 어렵게 만들기 때문이다. 그래서 대부분의 숲은 수목의 왕성함 탓에 그 아래 키 작은 관목과 초본식물이 다양하게 자리 잡기 어렵다. 그늘에 강한 초본식물인 양치류(고사리)정도만 지면에 붙어 겨우 자라는 이유도 이 때문이다. 이런 숲속에서 풀을 먹어야 하는 노루나 사슴 등 초식동물은 늘 배고픔에 시달린다.

그러나 힘겹게 살아가는 관목과 초본식물 그리고 초식동물에도 뜻밖의 행운이 찾아온다. 벌목에 의해 나무가 사라지면 드디어 새싹을 틔울 기회가 생기기 때문이다. 햇볕을 충분히 받을 기회를 얻는 식물은 왕성하게 성장한다. 이때 양질의 먹을거리를 놓치지 않고 성장한 초식동물, 노루 등의 개체 수도 급격하게 늘어난다. 그러나 이러한 급속한 성장이 풀과 노루에게 행복하기만 한 일일까? 갑자기 늘어난 노루의 수는 풀의 성장 속도를 넘긴다. 종일 먹어대는 엄청난 대식가의 등장에 풀이 점점 사라져 생존이 힘겨워진다. 결국 노루에게도 위기가 찾아온다. 지나친 개체 수의 증가는 다시 굶주림을 만들기 때문이다. 그뿐만 아니라 광활한 초원에서는 천적에게 쉽게 노출되어 공격당할 위험도 그만큼 높다. 그래서 노루는 다시 숲을 선택한다. 먹거리가 부족하다 할지라도 숲에서라면 적절한 삶의 균형을 찾을 수 있기 때문이다.

숲은 그 속에서 살아가는 모든 생명에게 결코 안락하고 편안한 공간이 아니다. 모든 것을 베푸는 원천도 아니다. 치열한 경쟁 탓에 그만큼 생존도 힘들다. 모든 관계는 주고받고, 서로가 원인과 결과가 되어 보이지 않는 끈으로 촘촘히 연결돼 있다.

노루는 이제 막 싹을 틔운 어린 자작나무, 너도밤나무의 잎을 좋아한다. 하지만 식물 입장에서는 어린잎을 호락호락 줄 리가 없다. 노루의 타액이 잎이나 가지에 닿으면 식물은 그때부터 살리실산이라는 화학 성분을 만든다. 살리실산은 시고 떫떠름한 맛을 내는 성분으로 노루의 식욕을 떨어뜨린다. 실험에 의하면 타액 없이 잎과 줄기가 잘려졌을 때는 살리실산이 아니라 치유에 도움을 주는 호르몬을 생성한다고 한다. 식물의 이러한 방어로 노루는 필요 이상의

#
겨울 내내 직박구리가 찾아왔던 산딸나무에 흰꽃이 가득 피었다.
정원은 작은 생태계를 만드는 또 하나의 세상이다.

잎을 섭취하지 않는다. 맛없는 잎을 그저 살기 위해 먹을 뿐이다.

　결국 이런 생명체 간의 팽팽한 견제와 방어는 특정 개체의 과잉 증식이나 멸종을 막는 데 그치는 것이 아니라 숲이라는 생태계를 유지하는 장치가 되기도 한다. 대부분의 생태학자는 숲이 지구를 지키는 마지막 보루가 될 것이라고 입을 모은다. 문제는 이런 숲이 위험할 정도로 사라지고 있다는 점이다. 숲이 사라지는 이유는 산불과 같은 자연 현상도 있지만, 대부분은 인간의 농작지 개간 탓이다. 전 세계적으로 농경지에서 유실되는 흙의 양이 100년에 $2cm$로 알려져 있다. $2cm$가 별 게 아니라고 생각하면 큰 오산이다. $1ml$의 흙이 1 km^2에서 사라지면 약 1000t이다. 이렇게 지속해서 지구의 표면을 보호하고 있는 흙이 사라지면 나무가 더는 자라지 않고 지하수가 급격히 고갈된다. 암반이 노출돼 지각 균열 틈에서 발생하는 화산 활동으로 가스가 분출되면 지구는 지금과 같은 산소량을 더는 유지할 수 없게 된다.

과학자들은 이런 현상에 대해 간절하게 경고의 메시지를 전한다. 하지만 코앞에 닥친 위험에도 불구하고 인간의 삶을 획기적으로 바꿀 기미는 보이지 않는다. 그러니 작은 노력이라도 해야 하지 않을까. 이 사소한 노력이 큰 물줄기를 이루게 될 것이라 믿으면서. 숲이 아니라도 좋다. 나의 주기 공간에 식물이 공존할 수 있는 작은 정원이라도 마련한다면 우리 삶은 물론이고 분명 지구에도 작은 변화가 찾아올 것이라고 믿는다.

겨울을 기억하는 식물들

기억에도 여러 종류가 있다. 우리가 경험한 많은 일들은 기억이라는 형태로 우리의 몸과 뇌에 저장된다. 기억의 종류에 따라 기억되는 방식이나 장소도 각기 다르다. 예를 들면 잊지 않고 우리가 눈을 깜박거리는 것도 감각의 기억이다. 또 아주 짧게 기억하고 지워지는 기억도 있다. 벼락치기로 외운 지식이 며칠 후 홀라당 사라져 버리는 것처럼 뇌에 저장했지만, 단기간에 사라지는 기억들도 있다. 어떤 것은 뇌가 아니라 우리의 근육에 기억되는 경우도 있다. 헤엄을 치거나 자전거 타는 법을 우리 몸이 기억하는 경우가 여기에 해당한다. 그런가 하면 백혈구처럼 한번 이겨낸 병원체를 기억하는 면역세포도 있다.

우리는 왜 이런 다양한 기억 장치를 갖고 있을까? 아마도 경험을 저장해 필요한 순간에 다시 꺼내 잘 활용하기 위해서일 것이다. 신기한 것은 후천적으로 습득한 기억들은 이렇게 우리 몸속과 뇌에 남아 나의 생애는 물론이고 유전을 통해 다음 세대로도 전달된다는 짐이다.

식물에도 이런 기억 장치가 있다. 가을에 심는 보리는 추위가 오기 전 싹을 틔웠다가 겨울에 잠시 성장을 멈춘다. 그러다 이듬해 봄, 날이 따뜻해지고 수분이 충분해지면 다시 성장을 시작해 열매를 맺는다. 한때 과학자들은 겨울에 밀이 얼어 죽게 되자 아예 보리를 이른 봄에 심도록 권장했다. 하지만 웬일인지 보리는 싹을 틔우질 않았다. 보리가 겨울 추위를 기억하고 있기 때문이었다. 겨울 추위가 사라지자 아직도 봄이 오지 않았다고 여기고 싹을 틔우지 않은 것이있다.

다른 예도 있다. 미국 워싱턴의 체리나무는 4월 1일 즈음에 꽃을 피운다. 꽃이 피는 조건은 일조량이 최소한 하루 평균 12시간이어야만 한다. 1년 중 이 조건이 충족되는 시기가 봄 이외에 한 번 더 있는데 바로 가을이다. 하지만 영리하게도 체리나무는 가을에 꽃을 피우진 않는다. 역시나 겨울 추위를 기억해 아직 봄이 오지 않았다는 것을 알기 때문이다.

그런데 이런 식물들을 지금까지의 축적된 기억과 전혀 다른 환경으로 옮기면 어떻게 될까? 실제로 겨울 추위 속에서 살아온 식물은 겨울 추위가 없는 곳으로 옮기면 몇 해 동안 꽃을 피우거나 열매를 제대로 맺지 못한 채 혼란을 겪는다. 일종의 몸살인 셈이다. 하지만 시간이 흐르면 식물들은 스스로 축적된 새로운 기억을 바탕으로 생존을 위해 겨울 추위가 없더라도 꽃을 피우도록 진화한다. 식물이나 우리 모두 경험을 잘 축적해 생존에 유리한 방향으로 이용한다.

살면서 겪는 수많은 힘겨움과 스트레스는 우리의 몸과 마음을 피폐하게 한다. 하지만 식물이 그러하듯 우리도 힘들고 어려웠던 경험을 축적하여 내일의 삶을 더욱 건강하게 만드는 중이다. 그래서 지금 내가 얼마나 힘든지 토로하기보다 이 어려움을 어떻게 기억하고, 다시 위기의 순간에 잘 꺼내서 활용할 수 있느냐가 더욱 중요할 것이다.

#
온대성 기후 지역을 자생지로 두고 있는
대부분의 식물은 겨울 추위를 기억한다.

속초는 겨울이면 눈이 많다. 습기를 잔뜩 머금은 이곳의 눈은 푹신하지만 그만큼 무겁다. 눈이 내리면 마당에서부터 차가 다닐 마을 길까지 치우느라 온 마을이 분수하다. 그래도 눈이 많은 해에는 식물이 병충해를 덜 입고, 곡물 수확도 좋아지니 눈을 원망하거나 미워하는 마음은 없다. 땅속에 뿌리를 두고 해마다 싹을 틔워 올리는 풀과의 초본식물은 눈이 땅에 내려앉으면 이불을 덮는 것 같은 효과를 기대할 수 있다. 눈이 두껍게 쌓일수록 식물 종이 더 다양해지고 추위에 약한 식물도 월동이 더 수월해진다는 과학적 근거도 밝혀졌다.

속초는 위도가 높아도 눈이 많기 때문에 눈이 적은 서울·경기 북부보다 난방계열 식물이 더 많이 자랄 수 있다. 눈의 효과는 그뿐이 아니다. 눈이 녹으면서 땅속 깊이 물을 공급하고 공기 중에 있는 질소와 황 등이 눈 속에 들어 있어 영양 공급에도 도움을 준다. 하지만 겨울눈이 모든 식물에 다 좋은 것은 아니다. 어떤 식물엔 좋지만 어떤 식물에는 해가 되기도 한다. 잎을 고스란히 매달고 있어야 하는 상록수에 눈은 치명적이다. 눈의 무게가 나무를 누르면 큰 가지가 꺾이고 잎이 얼어 나무 전체에 손상을 입는다.

그렇다고 무방비로 자연에 맞서고 있는 것은 아니다. 식물마다 제각각의 방식으로 겨울을 보내는 노하우를 지니고 있다. 대표적으로 낙엽수는 잎을 모두 떨구고 최소한의 물기만 머금은 채 나무 전체가 얼지 않도록 한다. 생육을 멈추고 겨울잠에 들었다가 안전하다고 생각하는 시점에 다시 새로운 싹을 낸다.

반면 상록수는 낙엽수와 달리 겨울에도 잎을 떨구지 않는다. 낙엽수에 비해 성장이 느린 상록수는 여름이 되면 거대한 낙엽수 그늘 밑에서 충분한 햇볕을 받을 수 없기 때문에 겨울이 되도 부족한 일조량을 채우기 위해 잎을 매달고 있어야 한다. 대신 잎을 바늘처럼 뾰족하게 만들어 잎의 표면을 줄여 추위에도 얼지 않도록 형태를 진화시켰다. 상록수의 뾰족한 잎은 눈을 녹이는 일도 한다. 눈이 오고 난 후 산을 바라보면 아직도 낙엽수의 가지에는 눈이 그대로 덮여 있는데 상록수 위의 눈은 완전히 녹았음을 볼 수 있다. 이건 상록수 잎이 햇볕을 흡수한 뒤 빠르게 눈을 녹여버리기 때문이다.

이런 각양각색의 방식은 생존을 위해 식물이 선택한 삶이다. 모든 생명체의 생존을 위한 노력은 언제나 그렇듯 모두 다 아름답다.

\#

눈이 온 숲속 풍경. 식물은 자신만의
방법으로 겨울을 이겨낸다.

우리에게는 피할 수 없는 생로병사의 삶이 있다. 태어나고 늙고 병들고 그리고 죽어가는 삶. 지구상의 모든 생명체는 태어난 이상 같은 과정을 겪는다. 식물 역시도 씨앗에서 생명을 틔우고 성장하고 늙어가며 각종 질병에 시달리다 결국 죽는다. 그렇다면 우리와 달리 식물의 질병은 어떻게 찾아오고, 어떻게 치유를 하는 것일까?

식물의 발병 원인은 사람과 매우 흡사해 균, 박테리아, 바이러스 등에 의해 전파된다. 우선 균은 버섯이 포함된 미생물군으로 식물과 가장 유사한 특징을 지니고 있다. 다만 식물처럼 엽록소와 섬유소가 없기 때문에 광합성 작용을 하지 않는다. 균의 경우는 죽은 생명체에서 살아가는데 더러는 살아 있는 식물과 동물을 숙주로 삼기도 한다. 식물이나 우리가 몸이 아픈 이유는 균이 몸에 들어와 살아 있는 세포를 죽이고 그들의 세력을 확장하기 때문이다. 대표적으로는 장미 잎에 검은색 반점이 생기는 균, 잎에 하얀 밀가루를 뿌린 듯 번지는 균, 잎을 마르게 하는 녹병이라는 균이 있다. 일단 모든 질병은 치료보다는 예방이 최우선이다. 균은 대부분 죽은 생명체 속에 자리 잡기 때문에 화단을 깨끗이 정리하는 것이 제일 좋은 방법이다. 이미 균이 번졌다면 그 부위를 말끔하게 잘라내 다른 부위로 전달되지 않도록 하는 것도 큰 도움이 된다.

그렇다면 곤충과 균, 박테리아, 바이러스 등의 공격에 식물은 어떻게 자신의 몸을 지키며 지구상 최강의 생명체로 살고 있을까? 인간도 질병에 걸리면 각종 의약품과 의료 수술을 통해 치료하는 것처럼 식물도 똑같은 일을 한다. 사실상 식물의 방어력은 우리의 상상력을 뛰어넘을 정도로 대단하나. 먼저 나무는 난난한 외피도 기둥을 감싼다. 이 껍질 부분은 딱딱하고 잔가시가 많으며 심지어 울퉁불퉁해서 손을 대기조차 힘들다. 나무가 이렇게 외관을 감싸는 이유는 곤충이 나무의 중요한 핵심인 물관, 채관 등에 함부로 침을 꽂거나 갉아먹을 수 없도록 만들기 위해서다. 식물은 외피를 통해 독이 든 일종의 왁스 성분을 내뿜기도 한다. 왁스 성분은 곤충의 몸에 닿으면 미끄러운 데다 성분이 날카로워 상처를 입힌다. 가시, 털, 돌기 등을 지니고 있는 것도 곤충의 공격을 방어하는 장치다. 그뿐만 아니라 균을 살충하는 화학 성분을 만들어 밖으로 내보내기도 하고 칼슘옥살레이트와 같이 뾰족한 입자를 수액 속에 숨겨둬 곤충이 먹었을 경우 장에 상처를 내기도 한다.

이런 화학성분을 만들어내는 이유는 '저 식물은 먹어서는 안 되겠다'와 같은 기분 나쁜 경험을 주기 위해서다. 그 외에도 식물로부터 추출되는 각종 오일에도 일종의 테르페노이드terpenoid 성분이 들어 있는데 특유의 향이나 맛이 난다. 식물이 내는 특정한 향 역시도 곤충들을 유인하거나 혹은 반대로 접근을 막는다. 식물의 열매가 쓰고 떫고 신맛이 나는 것도 방어를 위해서다. 오이 끝부분에서 인상을 찡그릴 정도로 쓴맛이 나는 것도, 고추가 매운맛을 내는 것도, 콩을 날로 먹을 때 구토를 일으킬 정도로 비릿한 향이 나는 것도 모두 곤충이 쉽게 먹을 수 없도록 고안된 장치인 셈이다.

이보다 더 적극적인 방법은 독극물을 만드는 것이다. 우리가 잘 아는 카페인, 모르핀, 니코틴, 코카인 등은 일종의 알칼로이드 성분으로 곤충과 동물을 신경을 흥분시키고 교란시키는 작용을 한다. 더 재미있는 일은 식물의 독극물을 곤충도 어느 정도 이용을 한다는 점이다. 일부 곤충은 식물의 이 독극물을 모아 자신의 몸속에 보관한다. 천적인 새나 동물이 자신을 잡아먹지 않도록 방어하는 효과가 있기 때문이다.

그런가 하면 공생의 관계도 많다. 아프리카 자생의 아카시아는 나무 기둥에 개미가 살도록 구멍을 만들어둔다. 개미가 사는 나무에는 진딧물이나 다른 수액을 빨아먹는 곤충의 접근이 힘들기 때문이다. 열대지방의 식물 중에는 잎에 현란한 물방울무늬나 혹은 줄무늬를 지닌 경우가 많다. 잎에 곤충이 알을 낳은 것처럼 지저분한 점들

이 박혀 있기도 하고, 잎의 색상이 초록이 아니라 시든 듯 보이게도
한다. 더러는 다른 곤충이 이미 뜯어먹은 것처럼 군데군데 구멍을
만들기도 한다. 식물이 이상할 정도의 파격적인 색이나 모양을 갖춘
것도 일종의 속임수 장치다. 죽은 척, 병든 척, 혹은 다른 곤충이 알
을 낳아 자리가 없는 척 속여 곤충을 접근을 막는 셈이다.

똑같지 않아서 아름답다

   겨울엔 모든 식물이 잎이 지고 꽃이 피지 않는다고 생각하면 오해다. 또 식물의 색이 잎과 꽃에만 있다고 생각하는 것도 마찬가지다. 겨울 정원엔 우리가 알고 있는 상식을 깨뜨리는 반전이 가득하다. 영국 케임브리지 대학 식물원Cambridge University Botanic Garden의 겨울은 '겨울 정원Winter garden'을 찾는 관람객의 발걸음으로 북적인다. 최근 영국에서 활발히 연구되는 새로운 가든 디자인인 겨울 정원은, 겨울에도 즐길 수 있는 식물을 보여준다기보다 우리가 잘 모르는 '다른 삶'을 사는 식물의 모습을 소개한다. 겨울에 꽃 피는 식물과 상록수, 가지에 독특한 색감을 지닌 다양한 식물을 만나볼 수 있다. 매화를 닮은 분홍꽃의 납매Chimonanthus praecox, 키 작은 향기 나무, 다프네Daphne bholua, 풍성한 하얀 풍년화Hamamelis molis, 노란꽃을 피우는 겨울 쟈스민Jasminum nudiflorum, 태양을 닮은 매자나무Mahonia 'Charity'가 있다. 붉은색 가지의 말채나무Cornus alba와 자줏빛 가지의 버드나무Salix sp.가 키를 낮춘 겨울 햇

#

이른 봄에 꽃을 피우는 알뿌리 식물 중 하나인 튤립.
알뿌리 식물은 영양분을 알뿌리에 잘 비축하여 이듬해 봄,
날씨가 열악해져도 스스로 잘 피어날 수 있도록 진화된 식물이다.

살에 눈이 시릴 정도로 화려하다. 또 가을에 잎을 틔우고 겨울에 꽃을 피운 뒤 봄에 잎이 지고 긴 여름잠을 자는 시크라맨Cyclamen 과 얼음을 뚫고 잎을 펼치는 솜털 가득한 에델바이스Leontopodium alpinum, 그리고 음력 설 즈음에 핀다고 원일초 元日草라고도 불리는 우리 이름 복수초 福壽草인 아도니스Adonis amurensis도 있다.

이렇게 일반적인 상식을 벗어나면서까지 식물이 겨울과 추운 초봄에 잎과 꽃을 피우는 이유는 경쟁을 피하기 위해서다. 식물도 경쟁에 지친다. 모든 꽃이 한꺼번에 피어나는 늦봄과 여름의 치열함 대신 춥고 시린 틈새 계절을 택한 셈이다. 그런데 이때는 곤충이 아직 부화를 하지 않을 시기라 수분을 맺는 데 곤란함이 생긴다. 그래서 겨울 꽃은 곤충이 아닌 새와 박쥐들에게 메시지를 보낸다. 겨울에 피어나는 꽃은 추위 탓에 큰 꽃을 피울 수는 없기 때문에 강렬한 향기를 내뿜는다. 새와 박쥐는 멀리서도 향기로운 냄새에 이끌려 다가온다. 이들은 식물의 수분을 돕는 대신 식물로부터 달콤한 즙을 얻는다. 먹을 게 없는 겨울에는 귀중한 식량이 아닐 수 없다.

안아주는 정원

가든 디자이너 오경아가 정원에서 살아가는 법

1판 1쇄 발행 2019년 6월 10일
1판 3쇄 발행 2022년 6월 30일

지은이 오경아
사 진 임종기
펴낸이 이봉우

콘텐츠본부 고혁 조은아 김초록 이은주 김지용
디자인 이영민
마케팅부 송영우 어찬 윤다영
관 리 박현주

펴낸곳 (주)샘터사
등 록 2001년 10월 15일 제1-2923호
주 소 서울시 종로구 창경궁로35길 26 2층 (03076)
전 화 02-763-8965(콘텐츠본부) 02-763-8966(마케팅부)
팩 스 02-3672-1873 **이메일** book@isamtoh.com **홈페이지** www.isamtoh.com

ⓒ 오경아, 2019. Printed in Korea.

이 책은 저작권법에 따라 보호를 받는 저작물이므로 무단전재와 복제를 금지하며,
이 책의 내용 전부 또는 일부를 이용하려면 반드시 저작권자와 (주)샘터사의 서면 동의를 받아야 합니다.

ISBN 978-89-464-2106-6 03810

값은 뒤표지에 있습니다.
잘못 만들어진 책은 구입처에서 교환해드립니다.